七十二候の見つけかた

旧暦と自然によりそう暮らし

白井明大

飛鳥新社

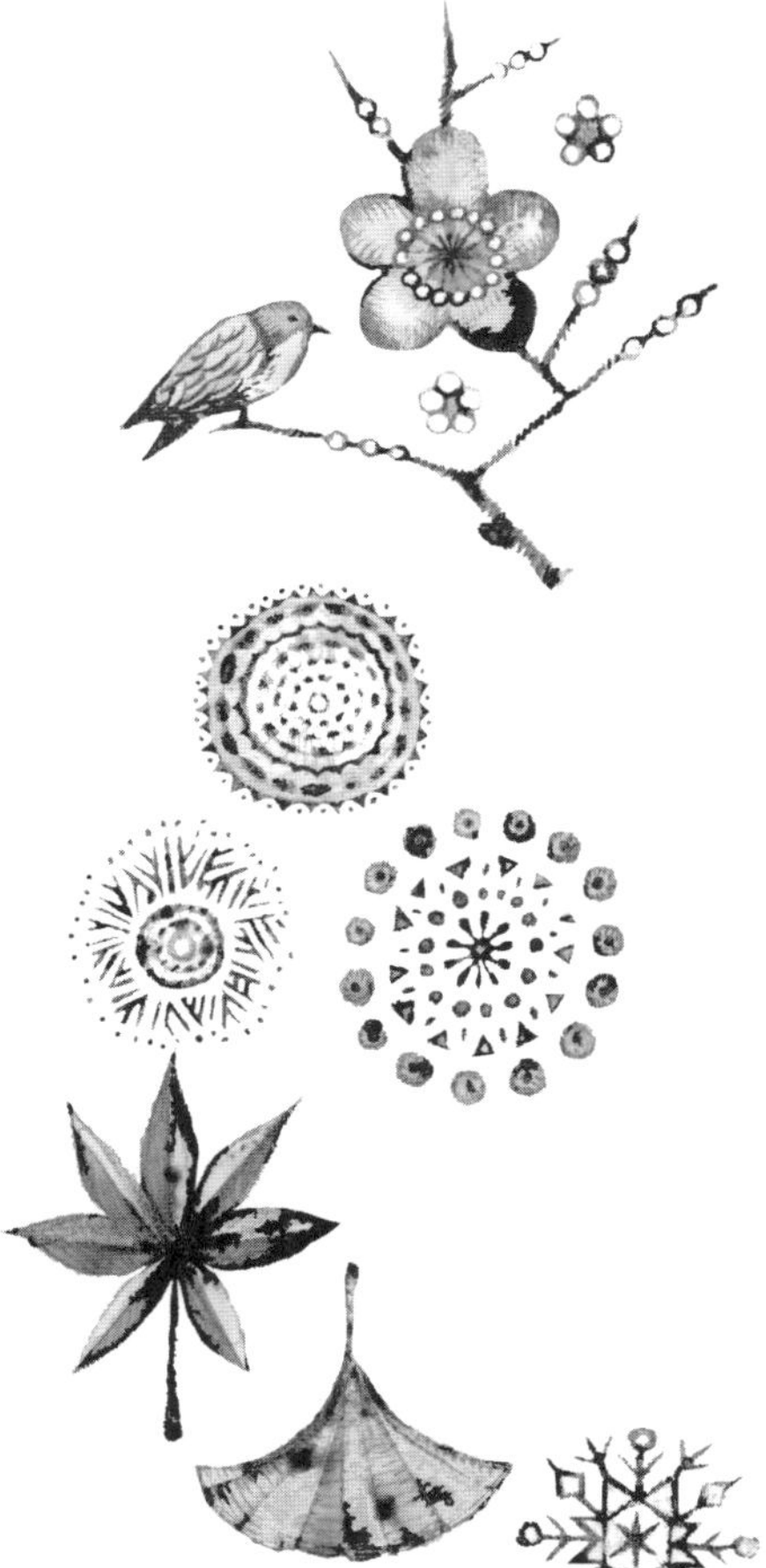

七十二候の見つけかた

白井明大

昔、一年に七十二もの季節がありました。
それは、ほんの五日ほどで変わっていく季節。
ささやかな自然の兆しに目をこらすと、
ふだんの生活のそばに、こまやかな折々の表情が見えてきます。

はじめに　―ふだんの暮らしの七十二候《しちじゅうにこう》―

いまから十年ほど前に、七十二候というこよみのことを知りました。

それまでは季節といえば、春夏秋冬の、四季のことだと思っていました。一年を二十四の時節に分ける二十四節気《にじゅうしせっき》というこよみは知っていましたが、春分や冬至など、行事と関わりのあるもの以外は、とくに意識していませんでした。

おまけに、そのころは、まったく季節感のない生活をしていたんです。

朝遅く起きてそのまま仕事をし、空腹に気がついて初めてものを食べるのが夕方、それからまた仕事して、次の食事が夜中の十二時近く、ということもざらでした。

桜は気がつけば満開をとっくに過ぎた葉桜になっていて、夏の海水浴も花火も遠いできごとで、秋の紅葉狩りなんて最後にしたのはいつだったか思い出せず、正月は寝正月で実家に半日ほど帰るだけ、といったありさまでした。

東京での暮らしは自然からほど遠く、ビルの間のせまい空に、月を見かけるのがせいぜいでした。だとしてもやっぱり東京という町が好きで、生活は大変だったものの、友人たちとの付き合いもあって楽しかったのはたしかです。

そんなとき、桃始めて笑う、という季節が七十二候にあるのを知って、びっくりしました。なんで季節の名前が、文章みたいになっているんだろう？　と不思議でなりませんでした。しかもそれが、七十二もあるなんて。

ぼくも詩人のはしくれとして、言葉のことにはがぜん興味が湧きます。ささやかな季節のうつろいや自然の兆しをこまやかに感じとりながら、つぎつぎと変わっていく七十二候の名前の、その不思議な面白さに、いつのまにか惹き込まれていました。

昔のこよみに持っていたイメージが、がらりと変わりました。

そしてあらためて見回してみると、じつはいまの暮らしのなかにも、ほんのすぐ目の前に、ちゃんと季節のうつろいが、自然の兆しが、ありありと息づいていることに気がつきました。

それはけっして、大それたことではなく、むしろほんとうにささいなこと、ちっぽけなもの。

春先に、あたたかい日があったら、ちょっと川原まで散歩したくなる気持ち。

初夏に公園でベンチに腰かけ、友だちにメールするひととき。

夏の仕事帰り、缶ビールを買って、夕飯といっしょにプシュッとやる瞬間。

秋にいつもの居酒屋で、秋刀魚の塩焼きをつまんだり、たまには日本酒を冷やでやったり。

冬までずっとしまってあった土鍋を、台所の奥のほうからヨイショと出してきて、寒い日にくつくつさせて、鍋料理してあったまったり。


こういうことって、あまりにもふつうで、日々過ぎ去ってしまいます。でもそこにちょっと立ち止まってみると、ひとつひとつのできごとに、ちゃんと季節折々の表情がくっきり浮かんでいるのが見えてきます。

旧暦の暮らし、七十二もあるこまやかな季節。

それは、べつに、とくべつなことじゃありません（と思います）。

むしろ明治の初めごろまで、みんなが使っていたカレンダーだし、誰もがしていたあたりまえの生活でした。

だったら、あらためて、いままでの思い出をひっくり返して、どこにどんな季節の楽しみの花があり、暮らしの実がなり、また日々の種が芽吹き、そのくり返しが自分の心の中にどんなふうに根を張っているのかを見つめてみたくなりました。

そしてそのあたりまえさは、誰の暮らしにとってもそうなんじゃないか、と思ってもいます。季節は、誰のところにもわけへだてなく、訪れるものだから。

いまも目の前にごくふつうに、季節や自然との出会いのきっかけは満ちあふれていて、手を伸ばせばすぐ感じとれる、そんなものなんじゃないかと思っています。


風流のなんたるかを語れはしないけれど、せわしなく過ぎ去っていく日々にふと立ちどまったとき、たまたま目の前の空に現われた虹の光景に吸い込まれるような一瞬を味わうよろこびなら、わかります。

この本には立派なことは何もありません。どこにでもあるようなふだんのことを拾い集めたような話ばかりです。

ごくあたりまえの季節の話。そういえば最近、そんなのすっかり忘れていたな、というときに手にとってもらえたらうれしいかぎりです。

もくじ

〈夏〉

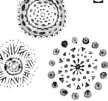

〈秋〉

〈冬〉

〈春〉

〈立春《りっしゅん》〉

谷を渡る鳴き声　―梅に鶯《うぐいす》―

梅の蕾《つぼみ》がほころんだ日には、カレンダーに二重丸でも三重丸でもつけたい気持ちになります。

その年の春の、最初のあいさつのようなものだから。

毎朝どうかな、と見ていると、あれ？　と気づくときが訪れます。咲いてる。

まんまるくちぢまった蕾たちのなか、一輪ほわっと開いている姿を、うれしくじんわり眺めたあと、そうだそうだと思い出し、いそいそと写真まで撮ってしまいます。

春先に和の暮らしの展覧会を催したとき、会場に飾ろうと梅の枝をお願いしたことがあります。

届いてみると、

「今年は寒くて、まだ蕾が開かないいんです」

と花屋さんが申し訳なさそうにしているので、あわてて首をふりました。蕾だなんて、それこそ素敵なことです。だって咲くのを待つ楽しみがあるのですから。それに花は人間の都合なんかに関わりなく、咲きたいときに咲くものです。

今日は咲くかな、明日はどうかなと待ち侘びるのも込みで、梅の花を愛でるよろこびがあることが、むしろ醍醐味なように思ってしまいます。

そんな梅の花は、春告草《はるつげぐさ》と呼ばれますが、同じように鳥には春告鳥《はるつげどり》がいます。梅に鶯。春告鳥は、鶯です。

緑がかった褐色の小鳥が、どこからかホーホケキョと鳴いて春到来を告げてくれます。姿を見つけるのは難しく、いつも声ばかりを耳にしますが、意外なほど近くで鳴いていたりして、驚きのなかにうれしさをくれる鳥。

七十二候には、黄鶯睍睆《うぐいすな》く、といって春の二番目に春告鳥の季節があります。これは昔、梅花乃芳し《うめのはなかんば》、という季節でした。梅の季節から鶯の季節へ呼び名が変わったのですね。

ある年、実家に帰省していて、丘を下りる坂道の途中で奇妙な鳴き声を聞きました。

「ホー、ケキョケキョケキョケキョケキョ……」

と「ケキョ」を連呼しながら、どこかへ飛んでいったんです。声がステレオの音のように、最初は右の手前のほうからしだいに左の奥のほうへと動いていったようすがありありとうかがえました。

左手向こうには竹林の山があって、いったん斜面を下ってはまた山へ上っていく起伏になっています。谷というほどではないものの、そんな凹凸のある地形です。

その奇妙な鳴き方は、鶯の谷渡り、というのだとあとになって知りました。はぁ、たしかに。言い得て妙な、昔の人の名付け方に納得させられました。


春先に姿を見せて心を和ませてくれる野鳥は、鶯のほかにもたとえば、めじろがいます。黄緑のあざやかな色をしていて、目のまわりだけ白くなっています。

だから目白《めじろ》。

雀よりひとまわり小さくて、かわいらしい鳥です。

先日、娘と散歩をしていて、

「お父さん、あそこに何かいる」

とそばの木を指さしました。小枝の茂みのなかでなにか動いたな、と目をこらすと、瞳のまわりが白ぶちの鳥がいました。じっと見ていると、あ、もう一羽。

並木道を歩いていて、ツイッ、ツイッとあちらの木からこちらの木へと飛び渡っていくめじろを見かけたら、あとからもう一羽、おいかけっこするように連れ立って飛ぶのにでくわすことがしばしばあります。仲よさそうにつがいでいたり、大きな木の茂みに仲間と羽を休めていたり。

春の初めにそんなめじろに出会ったら、近くにまだいないかなと探してみてくださいい。ちょっと待っているだけで、思ったよりもずっと早くに連れの鳥を見つけられるんじゃないかと思います。


またこれも春先のこと。横浜の実家のあるあたりには街なかに竹林がちらほらとあるのですが、道の反対側から、ふわっ、ふわっと雀ほどの小鳥が長い尾を引いて家々の屋根を越え、竹林のなかへと入っていくのを見かけます。

見たとおり、尾っぽが長いから、尾長《おなが》という鳥。

あとからあとから群れをなして飛んできて、そのどれもがゆったりと飛翔する姿にしばし見とれていました。

ピューイと高く、鳴き声が林に、町に響いていきます。

〈立春《りっしゅん》〉

豆三粒包める布は捨てない　―針《はり》供《く》養《よう》―

これから小学校に上がる子たちに、雑巾を縫う手習いのワークショップをすると聞いて、数年前の早春、いわきを訪れました。

教えるのは布作家の、鈴木智子さん。

子どもたちが持つ初めての針。そこにどんなふうに糸を通して、どうやって古布をちくちく縫っていくんだろうと楽しみにしていたのですが、でも着いたときには、すでに終わり間近。時間をまちがえて来てしまいました。

できあがった雑巾をかたわらに置き、みんなでお汁粉を食べています。

ああ、失敗。と肩を落として見ていたら、なかに女の子が一人、まだ針と布を握っているのに気づきました。そばにはお母さんがついていますが、手伝ったりはしていません。

「もうやめにしようか？」

と智子さんが声をかけると、その子は少し涙ぐんで、そうしようかなと頷こうとしましたが、となりでお母さんが静かに言いました。

「やめる勇気も必要だけど、いまやめたら、中途半端なことしかできなくなるよ」

そのまま女の子は、針を布に刺してはひっぱり、糸を通してはまた刺して、時間はかかりましたが、とうとう最後には雑巾を一枚縫い上げたのでした。

後片付けをしているとき、子どもたちが使った糸をどんなに短くても、智子さんが拾い集めているのが目にとまりました。

どうするのかな、と気になっていましたが、そのあと、仕事場に戻ってからわかりました。三センチや五センチほどしかない短いのも含めて、さっき集めていた糸を選り分けています。

「それ使うの?」

とたずねると、智子さんは頷きました。

「豆三粒包める布は捨てない」という言いならわしが東北にあります。

実際、智子さんの作る鍋つかみは、細かなハギレを縫いあわせたパッチワークが施されて、そこにちくちくと細かく糸を刺して補強がされています。藍染めの深い藍と白い糸のコントラストがきれいな鍋つかみ。

豆三粒をどうにか包めるほどの小さな布を大事にするなら、その小さな布を縫えるように、短い糸もやっぱり結んでつないで大事に使う。そんな思いが、智子さんの手仕事には込められているようでした。

ざっくりした柿渋染めの上衣や、やわらかな風合いの麻のシャツ。彼女の作る服は、着ているとからだがあたたかさを感じて、地に足がつくように心が落ち着きます。

もしも短い糸一本さえ大事にする作り手なら、大事にしてもらえる糸はうれしいのではないでしょうか。針も、ミシンも、布も、染料も。ものがいまよりずっと貴重で、大切に扱われていた時代の心が、智子さんのなかにいまも宿っているように思います。


縫いあとは、手仕事のあと。そんなふうに感じられて、つくろってある服が好きです。着古してもほころびを継いで、まだまだ着たくなります。もしかしたら、そこまでしてもずっと着ていたいお気に入りの服だから、なのかもしれませんが。

襟も袖も裾も擦り切れたりほつれたり、小枝にひっかけて生地がすこし破けていたり、たくさん着てくたびれてしまったのを、あて布して、針つくろいして着ているボタンダウンのシャツやポロシャツが何着かあります。

ちくちくと根気のいる針仕事は、好きな気持ちをかげで長持ちさせてくれるいとなみ。

二月の八日、あるいは十二月の八日、と地方によってまちまちですが、針供養というならわしは、そんなおつかれさまな働き者の針を、いままでありがとう、と折れてしまってお役御免になったとき、神社へ納めにいく行事です。使えなくなったのをこんにゃくや豆腐に刺したり、まだ使えるのも紙に包んで一日休ませたりします。

東京では二月八日に行なわれることが多いようですが、この日は新しい年の仕事をはじめる、事始めの日でもあります。長い冬の間、家で針仕事をし続けてきた、その区切りの日かもしれません。

また十二月八日に行なうところでは、その年の仕事を済ませる事納めの日なので、いままで一年間ごくろうさま、という意味で針を供養したのかも。

針と糸は、布を縫う手のあたたかさに結びつくものとして、昔もいまも、大事にしているのだと思います。布だけでなく、服だけでなく、手に、心に近しい道具として、糸と針を。

〈雨水《うすい》〉

今は昔の七十二候 ――獺祭魚《たつうおをまつる》――

神楽坂に行くと、ついつい飲み過ぎてしまいます。

最近はなじみの飲み屋さんに足が向くことが多くなって、同じ神楽坂で一週間ほど催しをしているときなどは毎日ずっと通いづめ、ということも珍しくなくなりました。

その店には獺祭《だっさい》という日本酒の飲み比べセットがあって、かれこれ十年ほど来ているのですが、間が飛び飛びなので、いつごろからメニューにあったのかはわかりません。でも、そんなセットがあるくらいですから人気のほどがうかがえます。

以前から好きなお酒でしたが、初めて飲んだのは、

「おもしろい名前だな」

と思ったのがきっかけでした。獺祭。どういう意味なんだろう。「祭」という字が威勢がいいな。ダッサイって読むのか。響きもいいな。よし、決めた。「獺祭ください」

そんな調子だった気がします。

名前の意味は、いまならわかります。獺《たつ》、つまりカワウソには、獲った魚を岸辺にならべる習性があって、それを見た昔の人が、

「おお、カワウソが神さまに魚をお供えしているみたいだ」

と見立てたものだとか。そこから七十二候に、獺魚を祭る、という早春の季節ができたのでした。はるか昔、紀元前の中国での話です。

江戸時代に日本風にアレンジする前の七十二候は、古代中国から伝わってきたまま、不思議な季節の名前が日本でも使われていました。

「鷹も鳩になる」（鷹化為鳩《たかかしてはととなる》）とか、「クマネズミがうずらになる」（田鼠化為鴽《でんそけしてうずらとなる》）とか、「雉が海に入って大蛤になる」（野鶏入水為蜃《やけいみずにいりおおはまぐりとなる》）とか。

うららかな春が来て、おっかない鷹がぽかぽかした陽気に包まれて人畜無害な鳩になる、というのはイメージとしては想像できますが、こんなにいろいろな動物の変身ネタが登場するほどファンタジックな一面が、七十二候にはありました。

そういうのは、きっと詩心につながっているんだろうな、とも思います。

世界がどんなふうに目に映っているのか。その世界観や自然観の下に、折々の季節がめぐっては一年になります。鶯が鳴くのも季節の兆しなら、氷の解けた川でカワウ

ソが魚を獲りはじめるのもそう。その兆しが、神さまに捧げているようだというふうに目に映るところからして、素敵だなとしみじみ感じます。

獺祭、いいお酒の名前ですね。

どこの地方の地酒もおいしいですし、いちばん好きな飲み方はというと、その土地で飲む、に如《し》くはないでしょうけれど、お酒を名前で飲むというのも気持ちよく酔える気がします。

自然の兆しを写しとったような七十二候のなかにあって、獺魚を祭るという季節はやっぱりちょっと民話や幻想めいてます。それがお酒の銘柄になるととても素敵に思えるのは、ひょいと現実を脇に置いといて、夢見心地でいただけるからかもしれません。ちら、と思うのは、カワウソという生き物のことです。ニホンカワウソは、すでに絶滅してしまいました。* 毛皮のために乱獲され、住み処の川が荒らされたから、というのが主な原因のようです。

日本全国あちこちの川に棲んでいたニホンカワウソがいなくなってしまい、けれどいまお酒の名前となって多くの酒飲みに愛されているというのは、呑んべえ酒を祭るではありませんが、なき動物に盃を献じているようで、それも少し民話や幻想めいている気がしなくもありません。

これは今年の正月のことですが、例年通り神楽坂での催しをぶじ終えて、坂の上のほうにある古民家を改装した飲み処で打ち上げをしました。

ここも行けばほっとする店で、まずは土間にしつらえられた立ち飲みスペースで一杯、二杯。やがて待ち合わせている面々が顔をそろえたら、じゃあ、奥の座敷に移りましょうか、というのが最近の相場です。

搬出を済ませてかけつけ、土間で待っていてくれた方々と合流して座敷へと。

よく味のしみた鰤《ぶり》大根に、そば味噌、茶碗蒸し。おいしい肴に、お酒がどんどん進みます。

そこへふいっと升酒が現われました。やわらかなお米の香りがします。純米だな、と思いながら一口すると、もうそれは、ほぅとため息がもれるほど静かな、それでいてふくらみをたたえた水のような味わい。あとで銘柄をたずねると、「最近入ったお酒なんですが、獺祭の純米大吟醸です」とのことでした。

＊二〇一二年に絶滅種に指定。

〈雨水《うすい》〉

早春の枝先　――木《き》の芽《め》起《お》こし――

十年ほど前、東京の千駄ヶ谷に住んでいました。玄関を出ると、東京体育館の屋根が見えるような都心に。

そんな町で早春の二月、どこかに何か、季節の兆しらしきものは見つからないかな、と探したことがありました。駅の向こうまで行けば、冬とはいえ緑に満ちた新宿御苑があるのですが、ていねいに管理された景観ではなく、道ばたでひょっこりとでくわすような、そんなものにふれたかったのです。

いまにして思えば、ほんとうはわざわざ探しまわらなくても、求めるものはすぐ目の前にあったはずです。でもそのときは、なかなか見つかりませんでした。寒風吹きすさぶなか、そこだけ春めいてあたたかな光に満ちた情景などを勝手にイメージしてしまっていました。

しっかりと舗装された道と、規則的にならんだ並木の右手には、東京体育館の敷地が広がっています。歩道から続く広場のようなゆるやかな斜面を見渡しても、どこにも春らしきものは見あたりません。

鳩なら、いました。カラスも。冬枯れの木がにょきりにょきりと、体育館のスペースのあちこちに植えられています。それをよく見ることをせず、またあちこちたずね歩きました。

さえざえとした空気のなか、朝早く通りを歩いていたときだったでしょうか。もしかしたら夕方だったかもしれません。外はやや薄暗くて、でも光がきれいにゆきわたっていました。

駅前の街路樹を見上げ、その枝先にふっと目がとまる瞬間がありました。

ふくよかに小さくふくらんだ何か。それが、これから伸びよう、開こうとしている新芽であることに気がついたとき、見つけた！　と心にともるものがありました。

まだ芽が出たとも言えないような、もうすぐの萌芽を待っているような、それでいて新芽の内側には、ふつふつと湧き上がる生き生きとした息吹きがしっかりと蓄えられている気配が、眺めているこちらにまで伝わってきました。

これから生まれ出ようとしている、その新芽に出会ってから、二月が好きになりました。寒いし、立春を過ぎてもまだ冬だし、なんだか景色がグレーでさびしいし、なんて思っていたのに。目をこらせば、じっとそこで時が来るのを待つものがいて、ちゃんと準備をはじめているのでした。

そんな小さな存在に、もうすぐ暖かな雨がやさしく降り注いで、春の訪れを告げます。季節でいえば三月初旬、雨水の草木萌《そうもくも》え動《うご》くの候。乾燥した外気をほっとやわらげ、草木の芽吹きをたすける雨を、木の芽起こしといいます。早春の新芽と同じくらい、この雨の名前が好きです。

立春をすぎたら二月は春とされますが、立春の「立」は、はじまりのこと。この「立」ですが、一か月の最初の日を昔は月立《つきたち》と呼んだのが、やがてついたちと呼ぶようになりました。月の満ち欠けで月日を数える旧暦では、ついたちは新月。夜空に月が現われない、ゼロ地点からスタートします。

立春も新月の夜空のように、どこにも春なんてないゼロ地点です。でもここからだんだん春が満ちていくよ、という意味が込められているように思います。

どんな寒さでも立春以降は、春寒《はるさむ》、余寒《よかん》と呼ぶのが昔のならいでした。もう冬じゃないんだ、春だけど寒い日もあるさ、まだ冬の寒さが余っているだけ、といって立春手前の寒の時期とは一線を引きます。

それは気持ちを張っているだけかもしれません。見えない春に思いを寄せてのことかもしれません。それでもやせがまんとはちょっと違って、季節の暦が、無から有へ、そしてまた次の無へと波打つように移り変わっていく流れのなかにあってのことです。

冷たい風を浴びながらも、ぎゅっとこらえて成長するためのエネルギーを静かに貯め込む新芽を見つけるとなんだかうれしいのは、目に見え、手でさわれるものだから。ああ、ここにもいたんだ、自分と同じなんだ、と草木と苦労を分かち合えるような気がすると言ったら、ちょっと大げさでしょうか。

寒さにまるくなって首をすくめ、羽をふわふわとふくらませてとまっている雀の姿を、ふくら雀といいますが、新芽の様子とよく似ています。草木も鳥も人もみんな、春寒の風が吹くたびに、おおさむさむ、と肩を寄せあって過ごしているんだと思ったら、ちょっぴり気持ちがあたたまってくるようです。

〈啓蟄《けいちつ》〉

桃の花の不思議な夜　―桃始めて笑う―

「桃始めて笑う」

これは七十二候で春の八番目、桃の花が今年はじめて咲くころ、という季節です。フレーズがそのまま季節の名前になっている七十二候はどれも素敵な名前ですが、なかでもとくに、花が咲くことを笑うという、この候が好きです。

でもなぜ、咲くことを笑うと呼んだのでしょう。二つの漢字を調べてみると、どうやら「咲」という字は、もともと「笑」の略字だったようです。つまり、どちらも初めは同じ意味でした。

古代の中国の人たちが、蕾が花になるさまを見て、人の顔がほころんで笑うようすにそっくりだと感じたのかもしれません。それでいつしか、花開くことを、笑うと呼ぶようになったのでしょうか。

咲いた、笑った、という言葉には、どちらもうれしさがにじんでいるかのようです。誰かの笑顔を見たときや、花が咲くのを眺めたときに感じる喜びそのものが、「咲」や「笑」の字に込められているのを感じます。

桃の花といえば、ある詩の集まりの帰りに、一本の桃の枝をもらったことがあります。枝先にはいくつか桃の蕾がついていました。もう咲きはじめているもの、これから咲こうとしているもの、いずれもあり、そっと枝を握ったのを覚えています。暗がりを街灯に照らされて浮かぶ、ピンクの花の色合いが印象的で。

会田綱雄《あいだつなお》という、亡き詩人を偲んで集った夜のことでした。

その花が、梅でもなく、桜でもなく、桃の花だったことと、この晩、一人一人が一本ずつ桃の枝を受けとりたずさえて歩いて帰っていくことが、どこか静かであたたかいことのように思われました。

寒さのなかで凛と咲く梅とも、うららかな春に華やぐ桜とも違う、桃の花。そこに、ある穏やかさを感じます。ふれるでもなく遠まきでもない距離感で、そばにいてくれるような奥ゆかしさを、桃の花に覚えます。

「そういえば、山之口貘《やまのくちばく》に『桃の花』という詩がありましたね」

隣りを歩く人とそんな話をして行きました。

会田綱雄と山之口貘といえば、いずれも素晴らしい詩人ですが、二人には関わりがあったようです。

同じ『歴程』という詩の同人誌に加わっていて（宮澤賢治や中原中也も入っていました）、山之口貘の第三詩集『定本山之口貘詩集』のあとがきには「……なにかとお手数煩した会田綱雄の三君（註、他の二人は国吉昭英と山川岩美）の名をここに記して感謝のしるしとしたい。」と名前が見つかります。

そう思うと不思議なことに、うっすらとした暗がりを歩いている詩人の姿には、昔もいまも変わりなく、ずっとこうして、賢治が歩き、中也が歩き、貘さんが歩き、会田綱雄が歩いた道のりを、桃の枝を握って同じように皆が一人一人歩いているような気がしてきました。詩人からまた詩人へと、うっすらとしたつながりが渡されていくようでした。

会田綱雄には「伝説」という有名な詩があります。

くらやみのなかでわたくしたちは
わたくしたちのちちははの思い出を
くりかえし
くりかえし
わたくしたちのこどもにつたえる

桃には邪気をはらう力があるとされ、心身のけがれを清めることから、桃の節句という大事な行事に関係の深い花になったようです。

としたらこの夜の桃の枝にも、そうした神聖な力があったのでしょうか。伝統行事の由来として言い伝えられる霊性のような力のことはよくわからないのですが、「伝説」という詩で語られる口伝ての力、いえ詩の言葉に宿る何かなら、感じることができます。

やさしい紅色をした花から、すっかり脱線してしまいましたが、桃の花といって思い浮かべるのは、なんだか不思議なこの夜のことです。

〈啓蟄《けいちつ》〉

好きな花をなにかひとつ

——踏青《とうせい》——

季節にひとつ、好きな花を心に持ってみると、それだけでふわっと広がる花の世界があると思います。

ぼくにとって、たとえば白木蓮《はくもくれん》がそうです。

春の空へ向かって、すぼめていた手のひらをゆっくり開くように咲く花。眺めれば、季節がめぐってきたことをつくづく実感できます。やや大きな姿をしているから、ぼくみたいなうっかり者でも見過ごすことがありません。やさしくやわらかく花の色を届けてくれるこの花が好きです。

ひとつ好きな花ができると、そのそばにもこんな花が、また向こうにもあんな花が、と次々に花の姿が目に映ってくるようになります。それはもう、自分が小さな生き物になって、花に吸い込まれるように。花たちがいっせいに、見て見て、ほらこっちこっち、と声を届けてくれるようです。

もちろんひとつとはかぎらなくて、好きな花がたくさんあるなら、それは本当に素敵なことです。

とはいえせわしない日々に追われて、季節を楽しむひとときの余裕もない時期というのは、あるものです。そんな忙しいときだからこそ、ふいに出会うたった一輪の花のたたずまいにさえ、緊張していた心がほっとほどけて安らぐことがあるように思います。


昔は三月三日に、踏青といって、外もようやく暖かくなってきたから野山へ出かけましょう、というならわしがあったそうです。そして、萌え出づる草木花のいきいきとした生命力を浴びて、元気をもらったといいます。

また海辺に近いところでは、浜下り《はまお》り（あるいは浜下り《はまう》り）といって、潮干狩りをしたり、海を眺めながらお弁当を食べたりする風習があります。それには心身をはらい清める意味合いがあるそうです。

この日は、桃の節句のおひなさまを飾る日でもあり、春の気をいただく日でもありました。

そんな踏青に寄せて、奈良を散策した思い出を。

生駒山という奈良のなだらかな山のふもとに、貞久秀紀《さだひさひでみち》さんという詩人が暮らしていらっしゃいます。貞久さんの詩はとても不思議で、

あるとき空気をながめていて、それを外からながめているとも、内からながめているとも感じられる。

（「空気をながめて」より）

と、誰も思ってもみなかったようなことを、そっと告げてくれる詩です。

その貞久さんにお目にかかれる機会があり、春の生駒山を案内していただいたことがあります。

家々がだんだん野になり、ゆるやかな坂道を行くと、野球場が現われました。向かいには貯水池のような池があり、緑に囲まれつつも、やや開けた感じのところです。そこをぐるりとめぐると、木々の間にあざやかに紅紫色に咲く花の群れがありました。

「ミツバツツジが咲いていますね」

貞久さんが花のほうを眺めておっしゃいました。咲き終わると、枝の先に葉っぱが三枚つくから、三つ葉つつじ、というのだそう。藪に寄っていき、花ぶりに手をふれて見てらっしゃいます。

斜面のあちこちに咲いているミツバツツジを眺めながら、ぼくも春山の濃い息吹を感じていました。植物の名前を図鑑で覚えるのは苦手ですが、この花の名前はきっと忘れないだろうと思いました。

ころは四月の初めのこと。年にもよりますが、旧暦では三月上旬ごろにあたり、まさに踏青のような散歩でした。

あたたかい日は、出かけたくなります。まして寒い季節のあと、やっと訪れた、いいお天気の日には。

昔の人もそんな気分だったのかどうかわかりませんけれども、三月の春めいた陽気のなか、川辺で遊んだり、海で磯遊びをしたり、野山へピクニックに出かけたりするのは、きっと楽しみなことだったのでは、と想像します。

すくすくと若芽が育つ野山のいのちの気を浴びたくなったら、なんだかどこかへ出かけたいな、という気持ちが湧いてきたら、その日、そのときが、春のはじまりかも。

〈春分《しゅんぶん》〉

甘いぜいたくごはん　―ぼたもち―

甘いものはおやつの時間に食べるもの、と思っていましたから、どうしてこんなに甘くておいしいものをごはんに食べていいのか、幼いころ不思議に感じていました。

いつもより、もちもちとしたお米のお団子に、小豆がいっぱいついています。ひとつほおばると、あんこのいい香りとともに、口中にやわらかな甘みが広がりました。もうひとつ食べたいなと思いつつ、そんなに食べていいものかためらっていると、

「どうぞ」

と母が言いました。

これはどうしたことかわからず、でもめったにないことです。食べなきゃ損とばかりに二つ、三つといただいて、もう満腹です。しあわせ。

春分の日に、牡丹餅《ぼたもち》を作って食べるのは、わが家の年中行事でした。とはいえ、幼

い時分には「ぼたもち」と「おはぎ」の区別もつかず、一口に「あんころもち」と言っていた気がします（ほんとうはちょっと違うようで、うるち米と餅米を混ぜたのが牡丹餅や御萩《おはぎ》で、あんころもちは餅米だけとか）。

母がつぶあん派だったのか、春分も秋分も、どちらの日もつぶあんでしたが、秋はつぶあん、春はこしあん、といった作り分けをするところもあるようです。

小豆がとれたてでやわらかい秋には、そのままをつぶあんでいただき、ひと冬を経て少し固くなった春には、こしあんにして丸めます。

いずれにしても、ことこと、くつくつ、台所で小豆を煮ている時間が、春分の日の訪れを知らせるようでした。

そういえば春は、家でお餅系の和菓子を作ってくれることが時折ありました。

そのころ住んでいた団地の近くを多摩川が流れていて、よく土手で段ボールすべりをしたり、川原で野球をしたりして遊んだものですが、その遊び場に生えているよもぎを摘みに行こう、ということがありました。

「葉っぱが食べられるの？」と驚きながら、せっかくだからうんと採ろうとはりきりました。

そしてできたのは、草餅です。

あのよもぎの葉が、この餅の緑色に、この香りになったんだと思うより先に、ぱくぱく食べてしまいます。

でもふだん和菓子屋さんで買ってくる和菓子の、その材料を土手から摘んできて作れるなんて、とやはりこれも不思議な面白さを子どもながらにどこかで感じていました。


多摩川の土手は身近な季節感の宝庫でした。

もう少し暖かくなると、空をちょっと見上げたところに空中でぴたりと止まって、ひばりがかん高く鳴くのをよく見かけました。

汗ばむ陽気になってくると、アイスキャンデー売りの自転車が通ります。買ってほしいのは山々ですが、めったに食べさせてはもらえませんでした。

夏には花火もしに行きます。落下傘といって、打ち上げ花火がパアンッといった後、おしまいに紙のおもちゃのパラシュートがゆらゆら下りてくるのを、暗がりに目をこらしてキャッチする、なんてちょっとした仕掛け花火もありました。

秋には川原にわっさわっさと、薄《すすき》が茂ります。

それがしおれて、枯れて、かさかさになると、冬。

一年を通して、夕焼け空から西日が射し、友だちも自分もすっかりオレンジ色になるまで駆けまわったものでした。夕日の色、草の色、川の色、空の色。そのころの多摩川はけっしてきれいな河川ではなかったですが、それでも、いろいろな季節の表情を見せてくれました。


春分のころというと、田では山の神さまが山から下りて、田の神さまとして稲の生長を見守ってくれる時期のはじまり。餅つきの音で神さまをお迎えしたり、十六個のお団子をお供えしたり、地方によってさまざまなならわしがありました。

春分のぼたもちにも、小豆の収穫への感謝や、やっぱり田の神さまへのお供えや、あるいは季節の変わり目に健康を祈って、邪気をはらう小豆で餅を包んだごちそうをいただく意味合いが込められているのかもしれません。

この日を境に、どんどん日が長くなっていく、春のちょうど真ん中の日です。

〈春分《しゅんぶん》〉

車窓の桜、水面の桜 ——桜始めて開く——

桜といえば、電車の窓から満開の花がふいに目に入る光景をなぜか思い出します。目黒川の川沿いは、花見の名所のひとつ。
中目黒の駅から電車が動き出してすぐ、窓越しにわぁっとそこだけふくらむような桜が広がります。それが目に飛び込んできてまた、あっという間に横切ってしまいます。一瞬。その眺めはいまでも思い出せるほど、鮮やかでした。

いつのまにか、満開のころよりも、ピークを過ぎて葉っぱが混じったり、もうほとんど花が散ってあおあおとした葉桜になっていたり、そんな桜を眺めるのが好きになっていました。

花の盛りは数日だけ。散るのはあっけない。でも桜という木はそれで終わりじゃないんだな、葉を茂らせ、初夏へ、夏へ向かっていくんだと、そんなふうに感じていました。

いまはまんべんなくというか、三分咲き、五分咲きもわくわくしますし、満開の時期にはタイミングを見つけて、それっと出かけます。

花もそれぞれ、並木ににぎわうソメイヨシノも、華やかな八重桜も、南の島では年初に咲く寒緋桜《かんひざくら》も、そして山あいをほんのり染める山桜も、ゆったり味わえるようになりました。

古い短歌では、花と歌えば、桜のことをいいます（さらに昔は花といえば梅でした）。そのころの桜は、山桜。ほのほのと山のあちらこちらに色づく花を愛で、眺めたそうです。

ある年、喜多方へ向かう列車のなかで、山のあちこちを染めている山桜を見かけたとたん、すうっと吸い込まれそうになりました。繊細で、ぽっと花のいのちがともる姿に見入ってしまいました。

さくらの名前の由来は「咲く」からともいいますが、またある説では、山の神さまが山に腰掛けているようす、とも。神さまのいらっしゃるしるしとして、ほんわり色づく「座《くら》」だといわれます。

由来はともかく、山のひとところだけ浮かびあがるような光景を見ると、確かにあそこには何か特別な、春の息吹がたかまっている気がしてきます。

三月下旬のちょうど花が咲くころは、七十二候も、桜始めて開くの季節です。晴れたらとびきりの花見日和。

そうでなくても、花曇り、花冷え、花の雨など、桜のころはどんな天気でも、それぞれ詩歌の季語になり詠まれるほど、心に残る風物になるのが桜の桜たるゆえんなんだな、とつくづく感じます。

夜桜なども、灯りに浮かびあがる陰影がかかった容姿が見事ですし、曇り日に花を静かに眺めていると、桜の木の息遣いまで伝わってくるようです。

やっぱりどこか、桜には、心のゆらぎを呼び覚まされるところがあるように思います。

車窓の桜もいいものですが、水面の桜もまた。

学生のころの思い出として、吉祥寺の井の頭公園で、池の水面すれすれまで枝垂れた桜の花がその水面に映る姿は、いまも心に残っています。どんなにわいわいと花見の場が盛り上がっていても、ふとした瞬間に花に目がとまり、気持ちを持っていかれてしまいます。

早朝の喜多方の山桜が、水を張った田の静まる水面に、ふうっと映り込んでいるのに気がついたときも、息を飲んで見つめるほかありませんでした。

山の神さまが田に宿るとは、このことかと思ってしまうほど。

花の見ごろは、田植え前の大事な時期。山の神さまへ祈りを捧げ、今年も田に下りてきて、どうか稲の豊作まで見守ってくださいと願う祭事の意味合いが、花見にはありました。


予定を決めて、よし、今度の週末は花見だと心待ちにするのもいいものですが、仕事帰りにひょいと公園に立ち寄って、缶ビール片手に夜桜見物というのもこの季節の楽しみです。

ただ、まだ肌寒い季節ですから、冷えてしまってかぜなどひかないように気をつけて。

〈清明《せいめい》〉

南国のうりずん　―清明祭《うしーみー》―

三月終わりから四月にかけて、沖縄に、うりずんと呼ばれる季節が訪れます。

ぽかぽかとあたたかく、かといって強烈な日射しは照りつけてきません。Tシャツに島ぞうり（ビーチサンダルのこと）で出歩くと、ほんとうに気持ちよくて、奇跡的なほどのどかな時期。

潤《うるお》い初《ぞ》めがなまって、うりずん。

そんなうりずんと重なるのが、二十四節気の清明です。

さまざまないのちが、清らかに生き生きとするころという意味。

沖縄ではこのうららかな陽気のさなかに、清明祭というお盆のような行事をします。親戚みんなでお墓参りをして、お墓の前でピクニックのようにごはんをいただくこと。

ちょっとびっくりですが、昔から続くならわしです。

母の故郷が沖縄なので、ぼくも島に住むようになってから毎年やっていますが、話を聞くのと自分でするのは大違い。

「なんだ、こんなに楽しいものなんだ」と、もう一度びっくりしました。

沖縄のお墓は大きくて、家のような形をしています。四角くて細長い墓石ではなくて、どちらかというと、かまくらのようなもの。そんなお墓のまわりに腰をおろすとなんというか、桜のない花見というか、川のない土手というか。

ただし四月といっても、うっかりすると日焼けしてしまいます。なので清明祭をするときは、お墓の前に日よけのテントを張ります。かまくらのようなそのお墓には、紐を括りつけるフックまで付いています。靴をぬいで、失礼します、とお墓によじのぼって紐をかけました。大丈夫。バチはあたりません。たぶん……。

お線香をあげたら、親戚みんなですわって、御三味《うさんみ》というお弁当をいただきます。それは鶏肉、豚肉、魚を蒸したもの。三つの味で、御三味です。

初めていただいたとき「そうか、素材の味そのままを味わうのが、伝統のしきたりなんだな」と思って、あまり味のしない肉や魚を食べていたら、

「ちょっと、タレ忘れてるよ！」

と従妹に差し出されました。なるほど。タレ！　たしかに蒸し鶏をつまんでちょんちょんと甘酸っぱいタレに付けたら、おいしいではないですか。さっぱりとして、それこそ鶏や豚や魚の風味をよく味わえました。

蒸し料理以外にも、三枚肉やかまぼこ、昆布などを詰めた重箱料理をいただくところもありますが、いずれにしても青空の下、みんなで食べるごはんはおいしく、楽しいものです。

こんなふうにご先祖や神さまと食事をともにすることを、供食《きょうしょく》といいます。全国的に見られる古くからのならわしです。誰かとごはんをいっしょに食べると、一歩仲良くなれたり、関係を大事にできたりするような、そんな感じがしませんか？　お正月のおせちも、桃の節句や端午の節句のごちそうも、もちろんお盆も、神さまやご先祖とごはんを一緒にいただく、供食の意味合いを持っています。

いまからすると不思議なことにも思えますが、それほどご先祖を敬ってきたということですし、もしかしたら昔の人は、目に見えない存在もつねにともにあるんだ、と感じていたのかもしれません。

余談ですが、こうした大事なイベントの日には、とっておきがみんなに振る舞われることも。去年は伯父が、三十五年物という貴重な泡盛の古酒《くーす》を持ってきてくれました。泡盛は百年でも二百年でも寝かせておけば、味が深まるお酒です。

三十五年といえば、相当な宝物。度数が高いのを、ストレートで飲むのが基本ですが、うちの家系はお酒に弱いので、みんなロックにしています。もったいない……。

ストレートでお猪口に少量注いでもらい、舐めるように飲むと、澄んだ水のような、それでいてずしんと複雑な味がしました。

後日、伯父に頼み込んで、小瓶をもう一本分けてもらいました。ほんとうにごくたまに、晩酌や寝酒にちょっとずついただいています。

さらにこれも余談になりますが、わが家にも壷がひとつあって、泡盛を寝かせているところです。

まだほんの数年のもの。娘が二十歳になったら、これを開けていっしょに飲もうと親バカなことを目論んでいます。とはいえ、度数の高いお酒ですし、ただでさえ慣れない味に、生意気盛りであろう相手がすんなり付き合ってくれるかわかりませんけれども。

〈清明《せいめい》〉

雲の虹

―虹《にじ》始《はじ》めて見《あらわ》る―

飛行機に乗っていて虹を見たことがあります。

雲の虹。

薄い細いかすんだような雲が窓の向こうで、オレンジになったり、グリーンになったり、ブルーになったり。飛行機が通り過ぎていく間、日の光の加減のせいか、ふわあっと何色もの色に染まり、また色がしだいに変わっていき、やがて遠のいていきました。

虹は空にかかるものですから、空のなかにいると出会いやすいように思うのですが、そんな雲を見たのはそれ一度きりでした。

それよりちょっと前のこと。

みんなが道ばたで空を見上げて立ち止まっているから、なんだろう？　と思ったら、真上にのぼったお日さまのまわりに、円い輪になった虹が出ていました。

日暈《ひがさ》や、白虹《しろにじ》と呼ぶそうです。

虹は、何度見てもはっとさせられます。

七十二候では四月の半ばに、虹始めて見るという季節があって、昔の人も虹をながめては、はっとさせられていたのかな、と思うとちょっとうれしい気がします。

そういえば、東京に住んでいたころ、こんなことがありました。

仕事を終えて自転車で家へ帰る途中、携帯を見てみたら、妻からメールが届いていました。

『虹が出てるよ』

えっ、どこどこ？　と思って見まわすと、道沿いの建物の上に、たしかに虹がかかっていました。

でも、あれ、とひっかかりました。メールをくれたのは家からだけど、ぼくがどこにいると思ったんだろう。今日は早く仕事が終わって、もう近くまで帰ってきていたから同じ虹を見ることができたけど、まだ仕事先だったかもしれないし、全然違う場所にいたかもしれないし。

そう思うと、可笑《おか》しくなりました。

虹を見つけたら、知らせたくなって、そのままメールをくれたことがうれしかったのです。

「見えるよ、そろそろ帰るね」と電話をかけようとして、やっぱりやめました。まだ見上げているかもしれず、じゃましたくないな、とそう思って、代わりに短くメールで返事を送りました。

もしもの話ですけれど、もしも町に巨大な虹がかかったら、どんなことになるでしょう。東京じゅう、どこにいても見られるくらいに。そうしたら、たくさんの人が知らせ合ったかもしれません。

「見て！」

「虹だよ」

空にかかった大きな虹に、しばらく見とれてしまうでしょうか。それでつい、そばにいる人に声をかけてしまわないでしょうか。

道端に人だかりがあって、みんな同じ方向をうれしそうに見ているとき、ちょっとたずねてみたくなります。

「何か見えるんですか」

「虹ですよ、ほら」

とそんな短いやりとりさえ気恥ずかしくて聞けませんが、立ち止まってながめている間、同じ虹を共有しながら、気分まで共有して、人だかりにもほんわりとした輪が生まれているように思えます。

ほかにも流れ星や月食、日食、冬の初雪もそうかもしれません。みんなで同じ空を前にたたずんでいるとき、いつのまにか子どものころの夢中な心に戻っているような気がします。


七十二候では冬の四番目に、虹蔵《かく》れて見えず、の季節を迎えます。そのころを境にあまり虹が出なくなる、という目安のような候です。一年のうちに二度も虹の季節があるなんて、まるで暦まで、虹が気になって仕方ないかのよう。

〈穀雨《こくう》〉

ガンプラと琉球張り子

――ゆっかぬひー――

ぼくが小学生だったころのおもちゃの話です。

ガンプラといって、当時人気のアニメのプラモデルが大流行していました。いつも売り切れで、新しいものが入荷する日には、朝六時起きで急いでお店にならびに行きます。そして毎月数百円のお小遣いや貯めていたお年玉で、そのときお店にあるものを買ってきては組み立てていました。

そもそも自分で作れること自体、楽しくて仕方ありませんでしたから、最初は、設計図どおりできあがればそれだけで満足感がありました。でもそのうち物足りなくなって、色を塗ったり、つなぎ目を紙ヤスリできれいに消したり、雑誌を読んでうまく作れる工夫をしたりするようになりました。

プラモデル用の塗料はシンナーを含んでいるので、部屋で塗るときは真冬でも窓は全開です。ほぉっと息を吐けば白くなり、窓の外はふいに真っ暗がりが落ちてくるような冷気の闇でした。

それでも作っている間は集中していて気がつかないのですが、終わってみると手がかじかんでいた、なんていうことはざらでした。

どうしてあんなに凝ったのか、いまではよくわかりません。

好きだった気持ちは覚えていますが、あんなにのめり込んだ熱意がどこからやって来たのか、あとから振り返っても同じ感情を呼び起こすことはもうできません。

おもちゃというのは不思議です。子どもの世界にぐっと入り込んで、あっという間に幼い心をわしづかみにしてしまいます。

それはもしかしたら、カメラや万年筆、腕時計や車、スポーツ、ファッション、行列ができるグルメの店など、大人を魅了するものにも言えるのかも。あれが欲しい、これがしたいと思ったら、のめり込んで虜になってしまうのは、子どもも大人も全然変わりありません。

いつの時代も、子どもたちが大好きでたまらないおもちゃの日が、沖縄にあります。

ゆっかぬひー（四日の日）といって、五月四日は、子どもがなんでも好きなおもちゃを買ってもらえるという魔法のようなスペシャルデーです。

昔から続いている伝統行事で、味わい深く、大事に家に飾っておきたくなるような手づくりのおもちゃが、いまも作られています。


那覇の市場を歩いていくと、少し路地を入ったところに、玩具ロードワークスさんという琉球張り子のお店があります。それは、ゆっかぬひーの玩具市には欠かせないおもちゃで、ウッチリクブサー（起き上がり小法師《こぼし》）や、ちんちん馬小《うまぐぁ》（馬に乗った子ども）などの張り子が代表的なもの。

そのなかでぼくが好きなのは、赤い鯉の背に乗った童の張り子、鯉乗り童子です。手のひらに乗る小さなものもかわいらしいですし、車が付いていて、ひっぱるとコロコロ転がる大きな張り子も赤い色がよく映えてあたたかい感じがします。

お店の奥で、作家の豊永盛人さんが、細長い串の先にくっついた作りかけの張り子に絵筆で色をつけていました。

ちょうど紺色の小石くらいの大きさのシーサーを仕上げているところです。もう完成かなと思った張り子に、さらにちょちょっと筆で模様を加え、さらにさらにその模様にすっと黒い線を加え、ていねいに色を重ねていました。

子どもはきっと、そういう小さな見所に気づくんです。おもちゃは大切な宝物だから、毎日毎日遊びながら、小さな目でじいっと見つめて、どこまでも心がおもちゃとひとつになっていきます。

これでいいや、はありません。相手が本気なら、作り手も本気とばかりに遊び心を描き足していくようすは、遊びに真剣になっている子どものようでした。

ふと気がつくと、あの窓を開け放った冬の夜のように時が経つのを忘れていて、その市場のお店には、素敵な琉球張り子たちができあがっていました。

そういえば幼いころ、祖母にせがんで国際通りの市場やデパートでおもちゃを買ってもらっていたのを思い出します。

ミニカーやロボット、ウルトラマンや怪獣たち。

那覇の街並みは、一九七〇年代だったそのころといまとで変わったところも多々ありますが、手を引かれて歩きながら感じた、通りのにぎわいはいまも健在です。

〈夏〉

〈立夏《りっか》〉

旅とフィルムカメラ　―旅の日―

フィルムカメラが好きです。

三十六枚撮りのモノクロフィルムを詰めて、ふだんから本棚や食器棚などの上に、ぽいと置いています。

そして娘が、おもちゃも絵本もありったけ出して、部屋いっぱいにお家ごっこをしたり、ちびたえんぴつを握りしめて宿題の作文を書いたりしているところを、気づかれないうちにさっと撮ります。

「お父さん撮らないで！」

でもシャッターが下りる音がすると、いつごろからか、いやがられるようになってしまいました。以前はうれしそうに、

「どんなの撮ったの？」

とカメラに手をのばして、写真を見ようとしてきたのに。

とはいってもデジカメではないので、液晶モニターはありません。

「現像っていうのをして、それから写真になるんだよ」

ふうん、とよくわからなさそうな顔をして、また遊びに戻っていきます。


十年くらい前に夫婦で沖縄を旅したとき、まわりに誰もいないがらんとしたところで、それまで一度も使ったことがなかったセルフタイマーで記念写真を撮りました。近くの石垣の上にカメラをのせて、前もって妻が立っている位置にピントを合わせて、レンズの脇にあるレバーを回します。

そのレバーの裏に隠れていたスイッチを押すと、じー……っと時計回りにレバーが戻り出しました。それっと急いで妻の横まで走って行き、二人ならんで数秒後、レバーが十二時の位置まで来たら、パシャンと撮れました。

あとで見ると、ちゃんと写っていました。ちょっと構図は斜めになってしまいましたが。


家族写真や旅写真は、フィルムで残しておきたくなります。

ぼくが使っているのは、作られてから六十年ほどの古い機械式のカメラです。

電池がいらない代わりに、ピントも露出も手で合わせます。

使い方はシンプルですが、ピンぼけしたり、フィルムを入れ忘れたり、巻き損ねたり、露出オーバーで真っ白、アンダーで真っ暗などしょっちゅうです。

手間がかかってばかりなのに、むしろその手間が楽しくて手放せません。旅支度をするとき、何をおいてもまずカメラだけはしっかり鞄に入れて行きます。

江戸の昔、松尾芭蕉《まつおばしょう》が弟子の曾良《そら》を連れて、おくのほそ道の旅に出たのが、元禄二（一六八九）年の旧暦三月二十七日のこと。それが新暦でいう五月十六日だったので、初夏のその日が旅の日になりました。ゴールデンウィークのあとですが、人出が落ち着いて、週末一泊くらいの小旅行にいい季節です。

泊まりがけではありませんが、学生時代の友人と、江ノ島まで日帰りの撮影旅行に出かけたことがあります。

江ノ電に乗って、海沿いの駅で降りて、駅のまわりや海へ出る道、海、浜辺の人や景色、と見るもの全て被写体に見えてきます。スナップして歩きながら、江ノ島の海の幸の食事処でお昼をいただいて、満腹の友人も一枚。

フィルムにこだわってしまうのは、幼いころの家族アルバムの影響もあるかもしれません。昭和の昔、家のカメラはもちろんフィルムカメラでした。オリンパスのトリップ35。見た目は、ただの箱みたいな写真機。

オートフォーカスではありませんが、いじるところのあまりない、初心者にも使いやすいものでした。それで父や母が撮った写真は、ぼくと妹ばかりが写り、どれも似たようなものが並んでいます。いまでは色褪せて古ぼけていて、懐かしい大切なものですが、とても人前に出せる代物ではありません。

家族写真って、そういうものだと思います。とりたてて人に見せるほどでもない他愛ない写真を、ずっととっておいて、時々見たくなるものです。

下手っぴでも、色褪せても、それはそれでいいんです。

なんであろうとたしかに、ひとつの家族の時間があったんだと、目で見て、手でふれて感じることができれば。

そんな家族の御用達カメラは、小さくて軽くて頑丈で。出かけるにも旅行にも持ち歩いて、いつでもみんなを写してくれました。

〈小満《しょうまん》〉

紙にインクで　―ラブレターの日―

ちょっと趣味の話。

おととしの秋に、実家の元・自分の部屋の引き出しから、学生時代に使っていた万年筆を引っ張り出してきました。

久しぶりに使ってみたくなったんです。

ペン軸をくるくる回して外すと、中はからっぽ。インクの入ったカートリッジを詰め込んだらまた書けるようになると思うのですが、しまってあったケースのなかに、注射器のピストン部分だけみたいなパーツが一緒に入っていました。それをペンにセットすると、インクを吸い上げて書けるようです。

なので後日、カートリッジじゃなく、インク壜《びん》のほうを買ってきました。

選んだのはブルーブラックという、青でもあり、黒でもある、なぜだか万年筆ではポピュラーらしき定番カラーです。あとで知ったのですが、元々ブルーブラックというインクは、空気にふれると青からしだいに黒ずんでいく、水に強い性質のものだったそう。

そのインクを吸い上げてみると、みるみる注射器のなかに入っていきます。

さて、いよいよ試し書き。

長年ほったらかしだったので、よくよく水洗いしたのがよかったのか、一筆目からちゃんと青くて黒くて濃い色が出てきました。ふわっとやわらかく、紙にインクが染みていきます。

ところで五月二十三日は、五（こい）二（ぶ）三（み）の語呂合わせで、恋文、つまりラブレターの日なんだそうです。

その同じ日が、キスシーンがある！　と話題を呼んだ昭和四十六年の日本映画『はたちの青春』の封切り日にちなんだキスの日でもあり、なんだかこんがらがりそうですが、とにかく恋を語るのに向いていることは間違いなさそうです。

なので本末転倒なのですが、万年筆を使って、ラブレターを書いてみてはどうでしょうか。……ってあれ？　変ですね。好きな思いを告白したり、恋人同士でおたがいの気持ちを伝え合うはずの手紙なのに、むしろ万年筆を楽しく使うため、というのはどうなのでしょう？

でもせっかくの記念日なので、いま恋をしている人も、とくにしていない人も、気軽に参加できるイベントだったらいいな、なんて。

バレンタインデーだって本命以外に、お付き合いであげる義理チョコや、友だち同士で贈りあう友チョコがあるわけですし、ラブレターだからといって相手や中身を限定しなくてもいいと思うのです。ふつうの手紙のつもりで、といっても最近は手紙のやりとり自体少なくなっているようですから、この機会にあらためて仲のいい友だちに気持ちを込めて、友情のしるしとして送るのはどうでしょうか？

それをラブレターというのは語弊があるかもしれませんが、あくまでたとえばの、ささやかなイベントの楽しみとして。


手紙を受けとるとき、封を切って開いたとたん、字面や文面の雰囲気と相まって、まず便箋からありありと目に飛び込んでくるのは、インクの色です。

書道に墨の味わいがあるなら、万年筆にはインクの味わいが。その濃淡も、強弱も、筆運びの跡も、書き手の心を読み手にふわっと伝えるシグナルです。

手に合った使いやすいペンが大事なのはもちろんですが、こと手紙ではインクもペンと同じくらい大切な主役だと思うのです。
なんとなく、不思議な名前だな、とあまり考えずにブルーブラックを選びましたが、けっこう気に入っています。好みの色や、書いて楽しいインクっていいなと思います。

ぼくが最近よく使っているペンは、がっしりしたインク吸入式の万年筆なのですが、これがとってもいいんです。飛行機に乗っても気圧でインク漏れしないし、何か月か使っていたら、ペン先が書き癖になじんできました。

東京の神保町にある、金ペン堂さんという老舗の万年筆店でしばらく試し書きをしていたら、

「これはどうですか?」

と細字と中字の間くらいのペン先を選んでくれました。シンプルな黒い万年筆で、使っているうちにどんどん愛着がわいて、どこへ行くにも持ち歩いています。

インクはブルーブラックを、とお願いすると、おすすめを出してくれました。不思議な十角形のインク壜に入った、深い青。

書いてみると、するするとペン先から流れるように出て、緑がかったブルーの文字が浮かびました。

〈芒種《ぼうしゅ》〉

ふいに現われる蛍

―腐《ふ》草《そう》蛍《ほたる》と為《な》る―

幼いころ父の故郷、愛知の祖母の家のあたりで蛍を見たのをほのかに覚えています。「あけちゃん、ほらあそこの草むらにいるよ」叔父について砂利道を歩きながら、雑木林の暗がりを眺めました。そしてそれきり、ずいぶん長い間、蛍と出会うことはなくなりました。

つう、と光るものが目の前を横切って、島の暗い坂道を脇の家の石垣の上へ飛んでいきます。

電気の明かりとはまるで違うんだと、久々に目にふれる光の感触のようなものからあらためて知らされました。

部屋の電球や蛍光灯の光とも、炎とも、日の光などとも別ものでした。

ああ、蛍だな。静かな心でそう受けとめられるほど、沖縄では都市部でもしばしば遭遇できる、なじみの情景になっています。

雨上がりの夜、ちょっと街灯の少ない道端や草むらには、姿ならぬ光を灯して現われてくれます。

きれいな川辺で見られるものだとばかり思っていましたが、驚かされたのは、水辺でもなんでもなく、ただ雨上がりで濡れているだけの玉陵《たまうどぅん》（琉球王朝の王陵。昔は子どもたちが敷地で野球などして遊んでいたそうですが、いまや世界遺産）の石垣のあたりで、たくさんの蛍が飛び舞っているところに居合わせたときでした。

歩道に植えられた並木の根もとに。

濡れた石垣のすきまに生える、下草の間に。

石垣から道へと、つう、と光が飛んでまたすう、と消え、またつう、と点《つ》いて。

すぐそばで見る蛍は、暗がりのなかではあたかも、この世の生き物ではなく、光だけが宙を漂っているように映りました。

もう十年ほど前になりますが、日本でいちばん南の端にある島、八重山諸島の波照間島を訪れました（無人島まで含めると、沖ノ鳥島が日本最南端です）。

石垣島から船で向かったのですが、内海から外海に出たとたん、ざっぱんざっぱん波が大きくなり、船が揺さぶられてとても立ってはいられない、ジェットコースターのような乗り心地です。そこをようやく乗り越えて到着した、最果ての島でした。

着いた夜、島の天体観測タワーに星を眺めに行きました。

タワーは海沿いの高台にあります。望遠鏡ごしでも肉眼でもたっぷりと星を楽しんでから、外に出て夜空を見上げると、昴《すばる》がいつもよりずっとはっきり星の群れになって現われていました。

波しぶきの音がすぐそばに聞こえましたが、森までもそう遠くありません。

やがてその森のほうに、ふわふわと小さな光がいくつか灯っているのに気がつきました。

光たちは風に吹かれてでも来たように、ゆっくりとこちらへ流れてきました。そして観測ツアーに来たぼくたちの間を通っていき、蛍は高台から海のほうへ下りていきました。

と思いきや、今度は打ち寄せる波のいきおいで生まれた風でしょうか、高台まで吹き上げてくる夜風に乗って、蛍の光がまた浮かび上がりました。

崖の線に消えては現われ、もう地面のない海の上の宙を、ふうわりと舞い飛んでいるさまは、さっきまで見ていた星空以上に、記憶に残る光景になりました。

あとから知った話ですが、沖縄にはさまざまな種類の蛍が棲息しているといいます。だから、ゲンジボタルやヘイケボタルのように水辺に棲んでいるとは限らず、街なかでも出会うことがあるんだそうです。

玉陵の前で見たよ、とぼくが驚いて話したら、

「うちの裏の駐車場にもいるよ」

いとこがなんでもないことのように言いました。

七十二候には六月の中旬に、腐草蛍と為る、という季節があります。

腐った草が蛍に生まれ変わるといった意味なのですが、たぶん昔の人も、どうしてこんなに小さな虫が光とともに、ふわっと宙に姿を見せるのか、不思議で仕方なかったんだと思います。

湿った草むらから出てくるところから察するに、これは草が腐って蛍になるのか、と想像したんじゃないでしょうか。

玉陵で蛍を見たときの自分の驚きを思えば、そんな大昔の人たちの気持ちにとてもとても共感してしまいます。

〈夏至《げし》〉

樹齢百五十年の栗の木

―三内丸山遺跡《さんないまるやま》―

ある年の夏、青森美術館を訪れました。館のトレードマークのような真っ白い大きな犬の彫刻は、見上げるほどの高さでありながら、その大きさを感じさせないやわらかな表情を浮かべていました。

ゆっくり展示を見てまわり、帰りがけに案内板を見ると、三内丸山遺跡はこちら、と矢印があります。

そんなに近いんなら行ってみようかな。軽い気持ちで足を向けましたが、これがとても大事な出会いとなりました。

歩いてすぐ見えてきたのは、なだらかな緑の丘に点々としている葦葺《あしぶ》きの家でした。あちらこちらに建っているその竪穴《たてあな》式住居を見て回っていると、やがて高いやぐらのような建築物が近づいてきました。

高さ十五メートルの、六本柱の建物。

初めは一人で見ていたのですが、ボランティアのガイドさんが詳しく説明している声が、すぐそばから聞こえてきました。

「この六本柱の建物はもともと二十メートルの高さがあっただろうと言われています。樹齢百五十年と推定される栗の木が、柱に使われていました」

縄文時代にここでどんなふうに人が暮らしていたのか、その様子がありありと浮かんでくるようなお話で、ついつい聞き入ってしまいました。

「それほどの栗の大木ですから、そのへんに自然に生えているから柱に使おう、とかそういうことではありません。しっかりと植林の計画を立てて、建築用の木材として使っていたことがわかります。縄文人の平均寿命は、およそ三十歳でしたから、単純計算でも五世代かけて、このような栗の木を育てていたんですね」

ひいおじいさんから、おじいさん、親、子ども、そして孫。これで五世代です。

いまの平均寿命が約八十三歳ですから、現代の年齢に換算すると八十三掛ける五で、四百十五年。そんな未来の先の先までいまから準備して、曾孫や玄孫やさらに後の子孫たちが柱に使えるようにと木を育てていく、ということになります。

そんな後々の人のことまで考えた未来設計図を、いったいいま誰が描けるだろうと考えると、途方もないスケールの大きな世界が、かつてこの東北にあったんだということにショックを受けました。これはすごいことです。

とともに、ちょっとだけ悲しくなりました。ほんの数年先のことさえ、いまの時代、世の中がどう変わっていくかわかりません。百年後、二百年後の人が暮らしやすいように、と自分が死んだあとにようやく役立つもののために、いったい何をしているだろう、と思ってしまいました。

縄文時代の人たちには、はっきりと百五十年先の未来が見えていたのですから。

友人に、清水徹という家具デザイナーがいます。無垢の木材を使って、椅子やテーブルなどを作っています。

その彼は「自分は木を伐って使ってばかりいるから、せめて植えたい」と毎年北海道の東川《ひがしかわ》の町で行なわれる植樹祭に参加して、みずならの苗木などを山に植えています。

「今年植えた苗木は、植樹祭に参加した人たちがみんな死んだあと、ようやく使える木材になるんだ」

そううれしそうに言っていました。

清水さんの代表作の一つには、座面まで板張りの、すべて木で作った椅子があります。スノコのように細い板を張った座面がたわんでは、人のからだを受け止めてくれます。

そんな彼に誘われて、ぼくも一度だけ植樹祭に参加したことがあります。自分の膝ほどの高さもない、小さなみずならの苗木を植えました。

まわりには、あそこが去年植えた場所、あっちがもうだいぶ背がのびてきたところ、というふうに年を経て少しずつ育っていく木々が、それぞれの表情を持って立っています。

その旅で、樹齢三百年のみずならを見に行こうと、ある山のてっぺんまで清水さんたちと山登りをしました。一面真っ白な雪のなか、古びたおじいさんの木がそこに。自然のなかで木はその寿命のかぎりに立っているんだと、そんな当たり前のことが深く心に刻まれるような古木のたたずまいでした。

ガイドさんの話によると、六本柱の建物は、夏至の日にちょうど太陽が昇る方角に向かって建てられていたそうです。

太陽がもっとも長く出る日を、縄文人は正確に知り、その日を大事にしていました。

〈夏至《げし》〉

茅《ち》の輪《わ》をくぐって　―夏越《なご》しの祓《はらえ》―

千駄ヶ谷に住んでいたころ、近所に鳩森《はともり》神社という神社がありました。家の裏手を抜けて、細い路地を二、三本行ったらもう着いてしまう近さです。通りを歩くと活きのいい魚屋があり、宅急便の集配所があり、焙煎したての薫りを漂わせるコーヒー豆屋があり、その先に社の木立が見えてきます。

ですがとりわけ訪れる用事もなく、神社に沿って原宿のほうへ向かう道を足早に通り過ぎていくのがいつものことでした。

ところがある年の六月、仕事帰りの道すがら神社の入り口から境内をふと見ると、巨大な藁《わら》（？）の輪っかが、どーんと設置されているのが目に入りました。

なんだ、あれ。

面白く感じて、つい入ってしまったのですが、その輪をくぐると何やらご利益がありそうなたたずまいです。張り紙に、8の字に回る図が示され、やり方がわかりやすく書いてありました。

輪っかは人の背丈より高く、たしかに中を楽にくぐれそうです。その穴の向こうには、がらがらと鳴らす鈴の綱や、お賽銭箱《さいせんばこ》、社殿《しゃでん》が待っていました。

こういうお参りの方式があるのかと不思議に感じながら、それがどういうものか何も知らないまま、やってみることにしました。

まず、くぐったら左に回ります。で、また最初に戻ってきて今度は右回り。最後にまた左回りをして三回くぐれ、と書いてあります。

そのとおりにぐるぐる茅の輪を通り抜けてから、ようやく鈴を鳴らしてお賽銭をし、おじぎして帰ってきました。


ふう。

ちょっとすっきりした気がしました。

なんだかさっきまでとまわりの雰囲気が変わって、空気がさえざえと澄んでいるような、木々が清々しく伸びているような心地よさに満たされている気がしてきました。

単なる気分的なものですが、自分の気持ち次第で、周囲というのはずいぶん違って見えるものです。

その輪っかのならわしは茅の輪くぐりといって、六月末に行ない、正月からの半年間に心身に降り積もったけがれを落とす、夏越しの祓という行事の一環でした。帰り道にちょっと見かけたからやってみました、といった軽い気持ちでしたが、なんと七〇一年に大宝律令で定められて以来の由緒正しき歴史あるしきたり。ただ置いてある茅の輪をくぐるだけというシンプルさが印象的でした。

ところで半年に一度、大きなお祓いの日があるというのは、考えてみると不思議なことです。どうして一年に一度じゃないんでしょう。もしくは、なぜ年に三回、四回とはやらないのでしょう。

六月の夏越しの祓と、十二月の年越しの祓。そのあとに続くのは、七月はお盆、一月は正月です。

大きな節目の行事の手前に、心身を清めておくのは道理としてはわかります。では、なぜ夏と冬なのか。

思い浮かぶのは、古代中国で記された魏志倭人伝のこと。倭の国（日本）の人々の間では、種をまく春と、刈り入れをする秋という二つの季節が暮らしに根づいている、という記録が残っています。

古代の日本には、四季という概念はまだなくて、二つの季節をくり返し過ごしていたということになります。

すると、春の種まきの前に心身を清めて、ぶじ育ちますようにと祈り、秋の収穫の前にはまた心身を清めて、豊作でありますようにと願う、それが夏越しの祓と年越しの祓が半年に一度ある、もともとの意味ではなかったでしょうか。

一年という時間をくり返して暮らす人間は、種まきと刈り入れ、つまり植物のいのちのサイクルから生まれた自然の周期に従っているようにも思えます。

なので一年とは、太陽と月の暦でありながら、なおかつ植物のいのちの流れでもあるのかもしれません。

つくづく思うのですが、天体の広大さや植物のありがたさを前にするとき、人間にできるのは、ただただその恩恵にあずかることだけです。ほんのささやかな目の前の仕事に一所懸命に励むほかに、ぼくたちにできるのは、感謝することと、祈ること、もうそればかりではないでしょうか。

〈七夕《たなばた》〉

島の星空 ―天の川―

天の川を初めて見たのは、神さまの島でのことでした。

久高島《くだかじま》というその島では古来、女性たちによって大切な神事が行なわれてきました。

もう二十年ほど前になりますが、民宿に泊まったちょうどその日に神事があり、宿のおかみさんも真っ白い装束を着て、島の広場へと歩いていきました。外に出てみると、家々から同じように白い装束を着た女性たちが集まってきているところでした。

翌朝、五時ごろにたまたま目が覚めました。まだ日が出ておらず、街灯のほとんどない島の夜明け前は真っ暗でした。ぷらっと表へ出たのは、なんとなく気が向いてのことです。

でもその直後、はっとさせられました。

いままでに見たこともない、完全な星空が広がっていました。

プラネタリウムよりも星の数が多いんじゃないかというぐらい、空は端から端まですっかり星で埋め尽くされていました。

流れ星が尾を引いていきました。

日の出前の真っ暗な海といえば、ふだんならどこまでが海で、どこからが空なのかわからない眺めのはずですが、このときは違いました。

はっきりとわかりました。

無数の星に満ちあふれている眺めが、下の方に行くと、あるラインでいきなり暗闇に切り替わっています。そのラインは、水平線でした。上が空、下が海。こんなふうに水平線を、線ではなく面として、というか二つの空間の合わせ目として意識したのも初めてのこと。

どうして天の川を天の川と呼ぶのか、その理由が、考えるまでもなく目の前の空に渡されていました。あれはもう、川を連想しないほうがむしろ難しいほど、川そのものでした。銀河鉄道の夜の冒頭のシーンを思い出してしまったくらい。その童話は、主人公ジョバンニが通う学校の先生が発する、こんなセリフからはじまります。

「ではみなさんは、そういうふうに川だと云われたり、乳の流れたあとだと云われたりしていたこのぼんやりと白いものがほんとうは何かご承知ですか。」

ほんらいの天の川の姿を前にしていると、何度も読んだこの文章にどれほどのイメージが詰まっているかが、あらためて迫ってきました。

七夕は新暦だと、まだ梅雨のさなかなので、空が雨雲に隠れてしまいがちです。でも旧暦ならひと月ほど後ろにずれて、もうすっかり梅雨明けの夏まっただなか。織姫星と彦星が一年に一度めぐりあう伝説の夜空を楽しむにはいい季節です。

旧暦というのはただの旧《ふる》い暦じゃなくて、自然によりそい、人の暮らしに溶け込んできた道しるべ。そんな暦の知恵を過去に置き去りにしてしまうとしたら、もったいない気がします。

いまの時代はどんどん人と自然がはなればなれに暮らすようになって、まるで天の川伝説のようですが、じつは切っても切り離せない大事な自然が、とっても身近な場所にあります。

それは、自分自身のからだです。

からだは自然のもの。そして、体内の大半が水でできているのですから、星や海がそうであるように、やっぱり天体から引力の影響を受けているのではないでしょうか。一年で太陽のまわりをめぐる地球、ひと月で満ち欠けをくり返す月、そのどちらの周期も受けとめる旧暦は、人のからだにも過ごしやすい生活のリズムをもたらしてくれるように思えます。

また別の年に久高島を訪れたとき、その日はちょうど満月でした。いつもなら海面がすぐそこまで来ているはずの磯が、昼の十二時あたりに行ってみると、遠浅の浜に変わっていました。でこぼこした浜辺の水たまりには、小さな魚やカニが忘れ物みたいにじっとしています。

そんな大潮《おおしお》の光景も、遠い遠いはずの月や太陽の引力の働きによって起きるとしたら、人のからだの中の水も、遠浅の浜のように月の引力にさざめいても不思議ではありません。

旧暦の七月七日は、七夜目の月、つまり上弦の月が現われる日です。満月に向かう月のサイクルと連れ添うように、心身も満ちていこうとする時かもしれません。月も海も人もつながっています。

〈小暑《しょうしょ》〉

後祭《あとまつり》の宵山《よいやま》　―祇園祭《ぎおんまつり》―

このところ毎年、初夏から夏にかけて、京都を訪れています。年に一度開かれる、画家MAYA《マヤ》 MAXX《マックス》さんの個展を見に行くためです。

京の街なかにある美術館に入ってすぐ、両側の壁一面に何枚もの大作が掛けめられています。その画面には、小さな文字で言葉が書き付けられていました。それは古今東西さまざまな人間の、祈りの言葉。

魂をぐっと込めた色や線が、画家の心が何を見つめ、どこへ向かおうとするのかを、沈黙のうちにこちらに届けようとしてきます。

あるとき、MAYAさんに訊かれたことがありました。

「白井くん、人生でいちばん大事なことって何だと思う?」

ぼくが黙って考えていると、

「純粋さだと思うんだよ」

MAYAさんは、そうぽつりと言いました。

絵の前に立ちながら、その言葉を思い出していました。人生でいちばん大事なのは、純粋さ。目の前の絵を心に受け止めながら、MAYAさんのその言葉を重ね合わせていました。


その夜、久しぶりに会う京都の友人たちと四条烏丸《しじょうからすま》の交差点で待ち合わせて、飲みに行く約束がありました。

「ちょうど宵山なので、ちょっと見て回りますか？」

七月で祇園祭の時季でしたし、それはもうぜひと、この年に復活した山鉾巡行《やまほこじゅんこう》の後祭、その前夜の宵山に繰り出しました。

四条通りから路地へ入ると、暮れかかってきた光のなか、道の先にほんわりと提灯の明かりを灯した山や鉾《ほこ》が見えてきます。

家の二階までも、三階までもある背の高い山鉾。どちらも立派な山車《だし》で、鉾は屋根に長い槍（鉾）を付けています。山には松の木が据え付けられます。

まず一基、鯉山《こいやま》という山車を見物しました。縦に五つならべた提灯が七列、掲げられています。山の側面を取り巻く幕（毛綴《けつづれ》）は、十六世紀にベルギーで作られたタペストリーだそう。間近に見ましたら、華やかな色合いで和洋の組み合わさった山の意匠に、祇園祭の歴史の厚みを感じました。

そのままお参りして、鯉の滝登りを図柄にした紺の手ぬぐいをおみやげに。

さらに先を行くと、地ビールを出しているテントがありました。これは通り過ぎるわけにはいきません。とりあえず一杯。夕方で気温も落ち着いたとはいえ、暑い京都の夏。冷たいビールでのどを潤しました。

ゆるやかに黄昏《たそが》れてきて、さっきまでより提灯の明かりが目立ってきました。

長らく消失していたという大船鉾がよみがえって、今年から巡行に参加するとのこと。これも見に行きましたが、あまりの人出でごった返していたので、鉾が明かりに包まれているのを遠巻きに眺めてよしとしました。

祇園祭は暑気払い、そして厄除けの祭りといいます。

とりわけ八坂《やさか》神社からの神輿《みこし》を町に迎える前日にある山鉾巡行には、邪気払いという大切な意味があります。

小暑から大暑へと暑さがまた一段と増すこの時季に、ＭＡＹＡさんの絵に純粋さを問われ、けがれを払う役目を背負う山や鉾に歴史の積み重なりを感じ、思い返せば、この日は昼といい夜といい、心を洗われるような時間でした。

翌日、大通りは通行止めで、昨夜見物した山鉾が町を巡行していきます。ですがもう帰らねばならなかったので、スーツケースをごろごろと引きながら、駅に向かって大通りへ出ようとしたときでした。子どもたちの神輿や馬などの行列に遭遇しました。それはなんとも可愛らしく、微笑《ほほえ》ましい一幕。

またその先の大通りでは、さらに白装束の大人の行列を、ちらとですが見ることができました。あとで知ったことですが、おそらくあれは花傘《はながさ》巡行《じゅんこう》だったのだろうと。おみやげに扇子を買いに、河原町にほど近い老舗の扇屋さんを訪ねたところでしたが、旅の道草はするものだな、とつくづく思います。

山に鉾に花傘。旅のいいみやげ話まで抱えて帰路に着きました。

〈土用《どよう》〉

「う」のつく食べ物 ―丑《うし》の日―

二十七歳のときのこと。ひょんなことから広告会社に就職し、広告のコの字もわからないままコピーライターになってしまいました。遅まきながらの社会人です。しかもその会社には他にコピーライターの上司や先輩がいるわけでもなく、右も左もわからないまま、試行錯誤しながら働くことになりました。いま思ってもびっくりですが、当時も相当びっくりでした。

でもやっぱり、むりは続きません。半年後、やるならちゃんと勉強しようと広告の学校へ入りました。仕事をしつつ、夜間に週二日通うことになったんです。

その学校の入学式で、校長の天野《あまの》祐吉《ゆうきち》さんが話してくれたのが「土用の丑の日に鰻を食べるとよい」と江戸中にふれまわった平賀源内のエピソードでした。

夏に鰻が全然売れなくて困っていた鰻屋に、土用の丑といえば鰻だと、口コミで広めるよう入れ知恵したのが平賀《ひらが》源内《げんない》ですが、これこそまさに広告コピーのいい例ですね、と天野校長は話しました。土用の鰻の由来にはこれ以外にも諸説ありますが、ともかくたしかにこのアイデアは広告です。

そんな土用に欠かせない鰻が最近、減ってきたといいます。乱獲でしょうか、鰻が生きづらい環境のせいでしょうか。でもまだそんな心配が世間でつゆほどもなかったころ、別な事情で鰻が食べられなかったのは、二十七で就職するまで貧乏学生だったゆえでした。

あのころはなぜか下宿にひょっこり友人がやって来ては、思いついたかのようにごちそうしてくれる幸運が時折舞い込みました。

「おい白井、給料出たから飯でもおごってやるよ」

身長二メートル近くあるその友人と喜び勇んで近所の鰻屋に連れ立っていきました。それは東京の真ん中やや西寄り、新井薬師という町に住んでいたころのこと。中原中也が夜どおし散歩していた、東中野が隣り町でした。

ぶじおいしいうな重をいただいた帰り道で、友人がぽつんと。

「いくらうまいものを一緒に食べても、みんな忘れちゃうんだよな。まずい飯を一緒に喰ったことは何年経っても覚えてるけどさ」

とつぜんの言葉でしたが、それは、ごちそうしたんだからちゃんと覚えとけよ、とかそういったケチくさい了見には聞こえませんでした。いつもにこやかに笑っているやつが、そのときも笑っているのに、横顔がやけに淋しそうでした。

本当だろうか？　とそのときのぼくは内心思いましたが「今日の味は絶対に覚えてるよ」とは言えませんでした。そして実際、彼の言うとおりでした。そのとき食べたうな重の味を、いまでは思い出すことができません。ただ、この言葉と情景だけは、たびたび思い出しています。とくに誰かとおいしいものを食べたときに。

ぼくにとって鰻というと、友人のそのときの言葉と結びついた思い出の食べ物なわけです。けれどももし数が減っているなら、あまり無理して獲ってしまって、さらに減るのはこまります。それならいっそ、平賀源内の江戸から続く広告効果はいったんこのあたりとして、土用の丑の日には、鰻にかぎらず別な何かをおいしくいただくのはどうだろうかと考えてしまいます。

どうか末永く、鰻がこの地球で安心して繁殖し続けることができて、鰻屋さんにも末永く、うな重やうな丼、白焼きに肝吸いなど、ほんのごく時々でいいからいただきにうかがえたら、と願うものです。

昔から鰻だけでなく、夏の土用の丑の日には、「う」のつく食べ物がいい、と言われてきました。

うどんや梅干は、よわった胃をいたわってくれるし、瓜（きゅうりなど）は熱を帯びたからだを冷やしてくれます。それから「う」はつかないけれど、土用のころに産まれた卵は土用卵といって、栄養たっぷりで重宝がられます。

暑さで夏バテ、寝不足、逆にクーラー漬けで冷えから体調をくずしたり、キンキンに冷えたビールを毎晩のように飲んで胃が荒れたり、夏のこの時期は、からだが休まることがありません。

だから土用というのは、ちょっと意識して暮らす時期なのかも。

冷えや疲れをとる丑湯《うしゆ》はどうでしょうか。ふだんはシャワーで済ませている人も、このあたりで湯船につかっておくと冷え対策になるようです。土用灸はよく効くといいますし、お灸にかぎらず、からだのメンテナンスにマッサージやストレッチなどもいいかもしれません。

「う」のつく食べ物、個人的には、ゴーヤー（苦瓜《にがうり》）が大好きです。

〈大暑《たいしょ》〉

ひとつきりの一日 ―花火―

「しみるなぁ」

心に感じていた同じ言葉を、隣りで眺めている友人がつぶやいたのが、いまでも耳に残る花火の思い出です。

夏はほっとひと息ついて休める、一年のうちでもっとも穏やかな時間でした。それぞれが自分の仕事の山を越え、あるいは週末のつかのまの休息にやすらぎ、暗い空を明るませる打ち上げ花火を、川原にすわって眺めています。

荒川をはさんで、川原のこちらは東京の板橋区、あちらは埼玉の戸田市。

二つの町が同じ日に、同じ川の両岸から、花火大会を同時に催す夕べ。

缶ビールを開けてはゆっくり飲み、ぽーん、ぽーんと上がっていく花火を見つめます。

草むらのひんやりとした感触。まわりには学生時代の友人たちがめいめいに腰を下ろし、同じ明かりにうっすらと姿を照らされています。

女友だちが何人か、浴衣で来ていました。こちらはジーンズなのでいかにも気軽な格好ですが、和の夏の装いは涼し気で、やっぱりいいものだなと感じさせられます。

それから十年以上あとのこと、その戸田市のお隣りの、川口市へ取材に行く機会がありました。江戸型染め師の西耕三郎《にしこうざぶろう》さんが、市内に設えた仕事場へ。

西さんは当時七十代にして、現役のラガーマンでした。シニアラグビーを楽しんでいるというのです。がっしりとした体格の、にこやかなおじいさん。西さんは、驚いているこちらに笑いかけながら、仕事の段取りなどを話してくれました。

そして糊と刷毛を持って、窓辺に据えられた長板の前に来ると、今度は、たーっと板の上に着尺《きじゃく》を広げました。真っ白い反物の上に、染め柄の入った型を当てては、さっさっと刷毛で糊を塗っていきます。その手際のよさを見つめながら、しぃんと工房が静まり返っていると、また笑って西さんが言いました。

「こんな真面目そうにやってると『何考えてるのかなぁ』なんて思うでしょ？　でも、しょうもないこと考えてんだよ。これを着る女はどんな女かなぁ、なんてね」

こちらの緊張をほぐそうと、手を動かしながら話しかけてくる西さんの朗らかさに包まれて場が和みました。

そのときの染めに使っていたのは、大正時代のものという桔梗柄《ききょうがら》の型です。花びらの先が五つに分かれたラッパ状の花の輪郭が細やかに切り抜かれていました。そんな花の小紋を身に着けた女性は、やっぱり夜空を見上げて、いつかどこかで花火を眺めるでしょうか。

和の装いには季節それぞれに趣きがありますが、一群れの光、一陣の風を感じさせてくれるような、楚々とした姿に惹きつけられるのはなぜでしょう。晴れやかで華やかな夏の風物詩にどこかはかない気持ちを抱いてしまうのは、いまこのとき限りのもの、とつい思われてならない浴衣姿や花火の、うたかたの影にほかなりません。

夜空に光の尾を引いて、花をかたちづくる情景を眺めていると、ある夜からまた別の夜へと思い馳せることがあります。

あれは二十代の終わりのこと。品川あたりを通りがかって、今日は混んでいるなと思ったら、東京湾のほうの夜空がふわっと明るくなりました。

駅の反対側へ渡ると、どんと音が響いてきます。時折まぶしくなるほうへ、初めはゆっくりと、だんだん足早になりながら歩いて、やがて橋に出ました。どんっ、と湾から打ち上がっては、海辺に立ち並ぶビルの窓にも、海面にも炎が映り込み、まるで万華鏡のようにちりばめられた光に囲まれました。

混雑のなか、橋の縁にたたずんでしばし見入っていましたが、ひと区切りついたところで会場をあとにすると、駅に戻る間にも背中に音が轟いてきます。帰りの電車の窓からも、ビルの間からちらちらと時々花火が見え、やがて打ち上げの音が遠くに消えていきました。

なぜかこのときに、一人で見入った花火が長く心に残っています。

一人きりでさびしかったわけでもなく、花火の美しさに心を奪われたというわけでもなく、ただ心が静まったまま、目の前の光景を焼き付けていきました。

ひとつきりしかない一日が、日々積み重なって月となり年となり、人生の時間を織り上げていきます。そのひとつきりの一日の姿を、現われては消える光が、どれほどくっきりと照らし出してくれることでしょう。思い出とは、はかないようで、けっして消えない炎のぬくもりかもしれません。

〈大暑《たいしょ》〉

ひまわりと火の祭り

―ねぶた祭―

花が咲くのに意味はありません。いのちとして芽吹き、いきいきと咲き、実ります。そんなただ自然にある花に、思いを託すことができるのは、人の側に願いや祈りがあってのことではないでしょうか。

あの大きな地震と津波と原発事故のあと、青森から岩手、宮城、福島と夏に旅したことがあります。

三陸鉄道が一部復旧していて、田老町《たろうちょう》を訪れました。

ぼくはテレビを見ないので、映像として接したことがほとんどありませんでした。駅を降りたとき、線路の向こうの一面の光景を、その端に自分が立っていることを、一瞬で悟りました。潮の匂いがホームにも立ち込めていて、階段を降りていく途中、壁に波が届いたらしきあとがまだ残っていました。

駅を出て、堤防のほうへ向かう途中、少し離れたところに黄色い花の群れが植えられているのがわかりました。見るとそれは、ひまわりでした。

その黄色い花の群れを眺めながら、数日前に青森で見た、ねぶた祭のことを思い出していました。

夜の暗がりを吹き飛ばすほどのまぶしさで電飾が光を放ち、青森の町なかを次々と、太鼓や笛の音を響かせながら大灯籠が通っていきます。

どこも盛大に囃し立て、大音量の大発光でした。

そのなかに、ふと静まって、見馴れたユニフォームの男の人たちが横一列にならんで歩いてきました。その後ろにねぶたが付き従ってきます。

近づいてくるとたしかに見馴れていたわけで、クロネコヤマトのお兄さんたちでした。

彼らはひまわりの花を胸に当てて、粛々と歩いてきました。

ほんとうは、どこよりも体力があって、元気なはずの彼らです。これはお祭りで、盛大に盛り上がれば盛り上がるほど素晴らしいことなはず。

その夜、青森のねぶた祭で見たひまわりと、田老町で群れなしていたひまわりが結びつきました。

誰にも何の説明も聞いていないので、どういう趣旨かは知りません。けれども何かが伝わってきました。そのときぼくに感じられたのは、追悼の祈りでした。


ひまわりは、太陽のような花です。

北国の短い夏を照らす、明るさの象徴といってもいいかもしれません。

それは、ねぶた祭の大灯籠も同じです。

北国の田畑にとって、冷害は気をつけなければいけないこと。火の気をどしどしと足して、作物に生命の活気をもたらそうとする願いの込もった祭りだといいます。

灯籠を灯して町を練り歩く祭りで、ひまわりを胸に当て、歩いてまわった思い。

その年、そこで見たねぶたの光景を、覚えておきたいと願いました。


青森から弘前へ。ねぷた祭の最終日、なぬかびおくりを見に行きました。

岩木川の土手には、扇形のねぷたが次々と引かれてきて並びます。そのねぷたたちに見守られながら、川原では何台ものねぷたに火をくべて、燃やしました。

紙でできたものはあっという間に燃えて灰になります。その灰が風に舞い上がり、空へとのぼっていくのを見ながら、正月のどんど焼き、左義長《さぎちょう》に似ているな、とうっすら連想しました。

あれは、正月飾りを燃やすもの。これは、七夕飾りを燃やすもの。そう、七夕には昔、眠り流しといって灯籠や人形、舟を藁《わら》で作って流すならわしがありました。ねぶたは、ねむた。眠たし流しが語源という説があります。

夏の疲れから来る眠気を流すものであり、先祖の魂を迎えては返す送り火であり、作物を冷害から守ろうとする祈りであり。そのような思いがいくつもいくつも重なりながら、火の気を焚いて、そして流していくのでしょうか。

そういえば、夏の花火もそれと似ています。どんなに小さな線香花火でも、じっと炎を見つめるとき、真夏の夜の火は、どこか心の奥と結びつくようです。そしてまた夜空に広がる打ち上げ花火は、ひまわりのようであり、太陽を描くかのようです。

＊祭りの名前が青森と弘前で違います。青森は、ねぶた祭。弘前は、ねぷた祭。

〈秋〉

〈立秋《りっしゅう》〉

七日過ぎたら夜は窓を閉める

――涼風《りょうふう》至《いた》る――


昔は石畳だったという、細い坂道が続く首里の丘。

祖母の家はそんな坂道の途中にありました。

そのまま上っていくと、紅型《びんがた》の工房があり、県立高校の横を通り、琉球王朝時代の王陵、玉陵《たまうどぅん》のあたりまで来たら、その先に守礼《しゅれい》の門《もん》が見えてきます。

幼いころから慣れ親しんだ土地。

ぼくが子どもの時分には、まだ首里城は復元されておらず、守礼の門の向こうは殺風景なものでした。


たしかそのあたりには国立の琉球大学があったと思うのですが、いまでは龍潭《りゅうたん》という城の池のそばに素敵な芸術大学ができています。

龍潭には、アヒルが棲みついていて、芸大のわきから池を回って首里城のほうへ行こうとすると、そのアヒルたちのひなたぼっこによく出くわすことになりました。生まれたばかりのひながお母さんのあとについていくアヒル親子の散歩など、とてもかわいらしいようすです。

とはいえ、照りつける八月の日射しの下では、なるべく木陰が続く近道を歩くので、ついつい遠回りの龍潭コースにはほとんど足が向かなくなります。

池の周囲の白い石畳の道は、素敵なのですが、やはり、足もとにくっきりとした黒い影が落ちるほどの日の強さ。そしてじりじり石が焼けているんじゃないかというほどの炎天下では、どうしても、という用事でなければできるだけ外出を避けてしまいます。

出かけるなら、午前中か夕方から。

最近はそれが沖縄での夏の暮らしかたになってきています。

でも、どうしても出かけなければという用事はあって、そんな猛暑の帰り道。もくもくと真っ白い入道雲が、県立高校を過ぎたあたりでいきなり急になる下り坂の向こうに見えていました。

図書館で調べ物をして、帰りは四時近くでした。

吹き出る汗を、首に巻きっぱなしのタオルで拭いつつ、坂道を下りていきます。

遠くには那覇の港が見え、そのさらに遠くには慶良間《けらま》諸島が島影を、日が反射してまぶしい海面に浮かべています。

坂の右手が崖の草むらになると、視界が開けました。

そのとき、すうっと涼しい風が足もとを吹き抜けていきました。

まだ八月の上旬です。でもたしかに、その風はむわっとする夏のものでなく、気持ちのいいさわやかさを運んできました。


大暑から立秋に変わり、暦は秋。七十二候で秋の最初の候を、涼風至るといいます。

ああ、この風がそうなんだ、と感じました。

よく天気予報などで、

「暦の上では秋ですが、まだまだ猛暑が続きます」

なんて八月上旬に訪れる立秋を紹介して話していますが、そのとき実は、ほのかにだけれども、秋の兆しはちゃんと現われているんだと思います。

南の島の沖縄でさえ涼しい風が吹くのですから、きっとどの地方にも涼風が至るのではないでしょうか。

梅雨明けのころの小暑から、暑中見舞いの季節がはじまりますが、立秋を過ぎたら残暑見舞いになります。こんなに暑いのに残暑か、と思ってきましたが、この涼風を肌で感じて腑に落ちました。

七月も八月も暑い真夏に変わりないのに、暑中と言い、また残暑と言い換えつつ、同じではないんだ、暑いは暑いけれども季節は移ろっているじゃないかと、ほんの短い言葉のなかにさえ、昔の人が日々をどう感じ、月日をどう過ごしてきたかがにじんでいるようです。

八月も七日を過ぎたら、夜は窓を閉める、という暮らしの言いならわしがあるそうです。

どんなに日中が暑くても、一日のピークを越すと、すっと気温が下がるころ。たしかに暦と実感とが食い違うこともままありますが、よく身のまわりに気をつけてみると、ちょんちょんと五感に知らせが届くことがあります。小さな声で、まだ暑いけど、そろそろ秋だよ、と。

〈お盆《おぼん》〉

ひまの効用　―沖縄の旧盆―

沖縄では、お盆のときに海へ入ってはいけない、といいます。

そんな島のお盆の海を、ただぼんやりと何時間も眺めていたことがありました。

たしかに浜辺にちらほら人がいますが、誰も海では遊んでいません。そこはホテルのビーチなどではなく、とある公園の裏の小さな浜でした。

白い砂浜に、波がくり返し寄せています。砂の上に腰を下ろして、その波を見ていました。地元の高校生らしきグループがゴミ拾いをしています。犬を連れた父子が散歩しています。しばらくして、どちらもいなくなってしまい、浜に一人になりました。

誰もいません。何にも起きません。


そんなときって、つい、つい、ひまなことを考えてしまいます。

……この波はいつからああやって波打っているんだろう……ずっと沖のほうで、誰も見ていないところでも波打っているんだろうし、恐竜が生きていたころからずっといままで寄せては返してきたんだろうな……きっといま見ている波の形って、いまの一度きりしかないいんだろうな……それを何千年、何万年も、いやもっとずっと前から続けてきたのって、なんて途方もないいんだろう……。

などと、ひまにまかせて波を見つめながら、とても考え事とは言えないような他愛のないことで、頭をいっぱいにしていました。

でも思うのです。ひまというのは、恥ずかしいもののように捉えられがちですが、ほんとうにそうでしょうか。ひまでひまでしょうがない、といったら困ってしまうかもしれませんが、いくら仕事が忙しくても、ほんとうは気が向いたらちょっとぐらい、いいえ、半日ぐらいはいつでも平気でぼーっとしていられるような、それぐらいの余裕があってもいい気がします。

あくせくばかりしていたら、つねに自分のエンジンをかけっぱなしの状態でいるようなものです。それではもちません。エンジンを切る。休ませる。メンテナンスする。そういうことが大事なのは、何も機械や道具だけじゃありません。ひま、大事!

いつまでも海を眺めていたら、やがてふと気づきました。というか、目に入りました。やどかりです。

白い砂浜に、白いやどかりが一匹、少し離れた砂の上を歩いています。

でも、何もいないところに、急にやどかりが現われたわけではありません。さっきからいたんだと思います。だってもうずっとここに座っていたんですから。

白に白のカモフラージュで気づかなかったのですが、こそっと何か動いたように見えて、目をこらしたら、いた、という感じです。

すると、さらに、あっちにも一匹いました。

向こうにはカニまで。あれも白っぽいカニです。

なんと、一匹見つけたら、あっちこっちに浜辺の生き物の姿が見えてきたではありませんか。びっくり。

たぶん、だんだんぼくの目が、浜辺になじんできたんだと思います。

ただざっくりと白い砂浜としか見ていなかったのが、いやそんなことないぞ、一つ一つ小さな世界があるぞ、とばかりに砂の起伏の陰にうずくまっていたり、貝がらに紛れていたり、波打ち際をさっと横切ったり、そんなふうに生命が息づいているシグナルを感じられるようになっていきました。

それは気持ちが浜辺に同化していくような、静かで不思議な感覚でした。ゆったりとした時間の流れに、心を横たえているような。海がさざめき、浜が照らされ、小さなやどかりやカニが生き、貝殻やサンゴのかけらが散りしかれている、それははるか昔から続いてきた光景。


もしお盆が、ご先祖をお迎えする行事だとしたら、ずっとずっと大昔の人類の祖先は、海からきた生命だろうと思います。

お盆には海に入ってはいけない、というのはそうしたことと関係あるのでしょうか。先祖の来し方にむやみに立ち入らないで、生者は家にいてお迎えするものだよ、と。

最終日のウークイでは、ウチカビといってあの世のお金を燃やして、お見送りします。炎を灯してご先祖をお送りするのは、灯籠流しや松明などもそうですが、炎がこの世とあの世を橋渡しするものなのかもしれません。

海を見つめ、炎を見つめ、その年のお盆が過ぎていきました。

〈処暑《しょしょ》〉

鴨川の黄色い花

——野分《のわき》——

なんの変哲もないふつうの景色なのに、なぜか忘れられない。ときに、そんな情景と出会うことがあります。

九月のまだ暑いころ、詩人の貞久秀紀《さだひさひでみち》さんと鴨川沿いを散歩したときのことです。土手の道から川原へ下りていくと、こぢんまりとした草むらになっている中州があって、そこに咲いている黄色い花が目に入りました。

そのまま川原に腰をおろして、詩の話、俳句の話などしていると、すうっと日が暮れていき、川向こうの空にカラスが山へ帰っていく姿がちらほらしはじめました。

碧梧桐《へきごとう》の句〈赤い椿白い椿と落ちにけり〉には、子規《しき》のもとで句作をした初期の、素直な写生の心が感じられ、貞久さんにそう話すと、

「あれは赤い椿と白い椿、どちらが先がいいのでしょうね」

と、どこか遠くの山を眺めるような調子でたずねられた声もまた耳に残っています。

そしてその椿は、枝から地面に落ちるところなのか、落ちたあと地面に散らばっているさまなのか、とも。

あの秋の日の夕暮れと、その手前のまだ明るい午後の日の下で風にそよいでいる黄色い花とが、まなうらに浮かびます。

景色とは、もしかしたら眺めるともなく眺めているうちに、心にしみ込み宿るものではないでしょうか。

花でも、野原でも、あるいはテーブルの上の湯呑みひとつにしても、それを見つめるともなく見つめている間に、光景がいつのまにか心にしみわたっていることがあります。

「ああ、あそこに花が咲いている」と気づくのは一瞬です。でもほんとうに心底、あそこに花が咲いているんだと感じることができるのはどんなときでしょう。目で見て、その場に居合わせて、匂いや気温や風や音を感じるともなくいながら、やがて深々とたしかに花の存在を実感するというのは、五感の働きであるとともに、心の働きでもあると思うのです。

五感でキャッチした情報が脳に伝達され、それが心に落ちていき、そして心に、その情報からあらためて、花の情景が描かれていくとしたら。

じっと長い時間をかけて、意識するともしないともなく伝わってくるある花の姿が、心にじんわりと浮かび上がったとき、「あそこに咲いている花」と同じ花が心にも咲いていることになります。

そのとき花をたしかに実感するとして、同時にもうひとつ、実感されるものが生まれます。

それは、心です。

ああ、自分の心はいまたしかに、あの花を深々と感じているんだ、ということがあらわになります。まるで花に連れ出されるように、花がたしかにあると感じられるほど、己の心もたしかにある、と感じられます。つまりそれは、たしかにいま、ここに、自分は存在するんだ、生きているんだ、という実感にほかなりません。

なぜそんなにも鴨川の黄色い花が記憶に残るのかといえば、その花が、そのときのぼくの心を連れ出してくれたからです。

鴨川の川辺での貞久さんとの時間が、たしかに心のうちふるえる出来事だったと、花の記憶に、心の記憶がよりそうようにして、思い出として深く刻まれたからだろうと思います。

そのような静かなひとときの後、翌日の晩、京都に強い台風がやってきました。渡月橋《とげつきょう》のあたりが冠水するほど川が氾濫したといいますから、あの中州もさぞ、と。台風は九月に多く発生するもので、暦の雑節《ざっせつ》では二百十日《にひゃくとおか》、二百二十日《にひゃくはつか》といって、野分が吹くから気をつけて、と呼びかけます。その日にちは立春から数えて二百十日目、二百二十日目のことで、野分とは台風の古い呼び名です。

あんなにおだやかな午後から打って変わり、なぜすさまじい風雨が訪れるのか、不思議な気がします。けれどそれもまた、自然の素顔です。

嵐が去ったあとには、秋晴れがやってきて、残暑はやわらぎ、空は高く、風は涼しくなっていることに気づきます。

人はそうやって自然と付き合い暮らしてきたんだと、台風に思い知らされますが、いまも目を閉じれば変わることなく、まなうらには鴨川のあの黄色い花が咲いています。

〈処暑《しょしょ》〉

白酒《しろき》の思い出

――禾乃登《こくものみの》る――

秋というと、日本酒のおいしい季節ですね。

最近は常温も熱燗も好きですが、冷やでいただくのはまた格別なものです。

大阪に行ったら必ず立ち寄る店があって、そこで冷やを天ぷらといただくのが毎度の楽しみになっています。小さな店で、カウンターに十人ならんだらいっぱい。あとはちょこんと二、三人用の卓だけ。関西の地酒を中心にあれこれ揃えているのですが、てきとうに好みを伝えると、あとは店の人がおすすめを見つくろってくれます。

天満《てんま》という、梅田からすぐの町。

駅前には、どこまでも続くんじゃないかと思うほど、長く長くアーケード街が延びています。そうかと思うと、これまたどこまでも立ち並んでいるんじゃないかと思うぐらい、路地を入ってすぐのところからずらりと和洋中の飲み屋さん、ごはん屋さん等々がひしめきあっています。

そこは、若くに亡くなってしまった友人がよく通っていた店なので、まず献杯。しめっぽいのはきらいなやつなので、わいわいと大阪の友人を誘って来ています。奈良の春鹿《はるしか》も、高知の酔鯨《すいげい》も、ここに来ると飲みたくなります。あまり詳しくないので店の人にまかせっぱなしで出てくるお酒も、かたっぱしからおいしいわけです。いつも混んでるので、あまり長居はせず、さっと飲んでぱっと帰るのがいいのでしょうが、つい盃を重ねてしまうのもやむをえません。

いなくなった人間がそこにいる気がする、というのは生きているこちら側の勝手な妄想にすぎませんが、それでも立ち寄っては飲んで、故人の思い出話をして、ほろ酔いになって夜更けていく、とほんとうに勝手なものです。でもまた大阪へ行ったときには、立ち寄るつもりです。

酒の好みは、と聞かれたら、純米が好き。まろやかで、やわらかく、飲んでいてほっとします。銘柄の好みは特にありません。徳利からお猪口に注いで飲めれば、幸せな気持ちになれます。

そんな日本酒は、米から造るお酒なので、稲作のならわしとも関わりがあります。収穫のころは地方によってまちまちでしょうが、七十二候では九月初めに、禾乃登る、という季節が訪れます。こくものとは、稲のこと。

その年にとれた新米は、まずは神さまにお供えする収穫祭があるまで食べない、という慣習がありました。昔は、おおよそ冬至のころに行なわれていたようです。その祭事では白酒、黒酒《くろき》という、新米で造った新酒もいっしょに捧げます。

あくまで個人的な感じ方ですが、そうやってお供えする神さまというのは、自然や、いのちのことなんだろうな、と思っています。

収穫できたのは、自然の光や雨や土や、さまざまなもののおかげ。そもそもいま生きているのは、すごく遠いことを言えば、星が生まれて、生命が誕生して、そこから連綿とつながって、いのちをもらったおかげ。

だから、万物には神さまが宿っているんだというアニミズムのものの見方には、そこはかとなくシンパシーを感じます。いのちや自然そのものが、神さま。

あるとき、その白酒をいただいたことがありました。

それは本づくりのために日本の伝統文化について教わっていたときだったのですが、お話ししてくださる長田なお先生が、人数分の白酒を抱えてタクシーで駆けつけていらしたんです。両手に、どっさりと持って。

さぞ重かっただろうと思うと、なおさらありがたく感じられて、新酒を捧げる行事の日まで家に飾っておいて、それから大事にいただきました。

秋口になると生ビールはほどほどにして、冷やでやりたくなりますが、お猪口を手にしてふっとあのときの白酒を思い出すことがあります。新酒は冬至から、となんとなく心に留めつつ、でも居酒屋さんでメニューにあったら、やっぱりとれたての秋の新酒を頼んでしまいそうな気もしつつ。

それもこれもおいしすぎるお酒のせいなので、せめて心ひそかに実りに感謝して、

「いただきます」

〈白露《はくろ》〉

ケの秋　―鶺《せき》鴒《れい》鳴《な》く―

秋の静かな午後、今日は何もしていたくないな、というときがあります。暑くもなく、寒くもなくて、やわらかい日射しがレースのカーテンに透けて光っています。

家に平日、一人でいると、誰の目も気にすることなくのんびりしていいはずなのに、なぜか自分で自分が気になって、何かしなくては、こんなにぐずぐずしてちゃいけないんじゃないか、なんて、うずうずっと焦る気持ちも湧いてきますが、それはちょっと置いておいて。

なぜだかやっぱり、今日はおやすみ、という自主的な気分を優先させたい日はあるものです。その気分にさからったら、よくありません。

幸い、お菓子があったりしませんか。お徳用のチョコレートの大きな袋の中に、小分けになった一口サイズが入ってたりしたら、ぼくはもうそれが大好きです。

お湯を沸かして、なるべくていねいに、お茶を淹《い》れましょう。

コーヒー豆をスプーンで二つほどコーヒーミルに入れて、ごりごり挽いて、おいしいコーヒーを淹れるのもいいですし、急須に緑茶やほうじ茶をぱらぱら、お湯を注いで、お気に入りの湯呑みを用意すれば、ほっとひと息の素敵なお茶の時間です。

子どものころ、クッキーに牛乳があれば、おやつは大満足だったように、一口二口甘いものをほおばったり、湯気のたつコーヒーやお茶をいただけば、やすらかな気持ちに浸れます。

そして、窓の外でも、眺めましょう。

もしかしたら、庭や通りの花が、空を見れば鳥が、目に映るかもしれません。

どんな花や、どんな鳥が、と探すより、目に入るものを楽しむ気持ちで。

たとえば実家の庭には、秋にバラが咲きます。母は、眺めるよりも育てるほうが楽しそうで、毎朝いそいそと水まきをしています。

また、わが家の近所で先日見かけたセキレイは、細くて長い尾をぴょこぴょこ動かす小鳥で、古くは日本神話にも登場するほど昔から親しまれています。七十二候には鶺鴒鳴く、という季節が初秋にあります。

イザナギとイザナミに、こうするんだよ、と尾をぴょこぴょこさせて子づくりの仕方を教えたことから、恋教え鳥、という別名を持つセキレイ。

民俗学者の柳田國男《やなぎたくにお》が書いていますが、かつて田の稲刈り前の時期には、派手に暮らすことを慎しんで、毎日をつつましく過ごしたのだそうです。

そうした物忌みによって、稲の収穫がぶじできますように、今年も豊かに実りますように、と祈ったということです。人が浮かれてばかりいると、神さま（自然）は恵みをもたらしてくれない、というような実直な暮らしの感覚のもとで。

ハレとケでいえば、ハレは収穫後のお祭りであり、ケはそれまでの静かな生活の日々です。秋の前半は、ケの暮らしをするもの、という生活のメリハリが昔はあったけれども、都市生活が広がるなかで、忘れられていったようです。

暑い季節を乗り越えたあと、からだにたまっていた疲れが出てきてしまうのも、秋口です。

思うのですが、ハレ（祝い事や行事や祭り）とケ（ふだんの暮らし）を分けるのは、人の暮らしの大事なリズムではないでしょうか。

ハレの日は、楽しいやらおめでたいやらで盛り上がりますが、エネルギーを使います。終わったら、肩がこったり、どっと疲れたり、力を注いだ分、消耗もします。

ケの日は、地味で、地道です。こつこつと、静かに、積み重ねる暮らしの営みです。長距離マラソンのように、無理のないペース配分をしながら、たんたんと長く続けることができます。でもずっとそれだけだと、つまりません。


いつものケと、時々のハレが、一年を通してメリハリをつけてやってくる昔の生活に、たゆたう波のように、張りきってはゆるめ、ゆるめてはまた張りきり、人がからだにも心にもムリをせずに暮らせる知恵が詰まっていたのではないでしょうか。

現代の、とくに都市では、毎日毎日、神経が張りつめたような生活になっていますが、それでは心身がすりへってしまいます。

ケの秋。たまにはぽかん、とからだにも心にも、すきまを作ってあげるような日があると、とってもいいと思います。

〈月見　つきみ〉

月に親しむ　―十五夜―

この数年の間に、自分でも変わったなと思うのは、いまが何日目の月か、知らず知らずのうちに月の満ち欠けを毎日意識するようになったことです。

ぼくの仕事部屋の窓が東向きなので、月が上るのが見えます。

といっても目の前には、こんもりと生い茂った緑があるので、月が見えるのはずいぶん高く上ってから。

夜更けに目を上げると、船の形をした下弦の月が濃い闇の空にきれいな輪郭を浮かべていると、それだけで心なごみます。宵っ張りのせいか、なんとなくそのおかげで最近は、下《しも》の弓張《ゆみは》りとも呼ばれる半月に親近感をおぼえています。

沖縄での行事は、旧暦で行なわれるので、そのせいもあるかもしれません。

月の満ち欠けと潮の満ち引きは深く関係しているので、海に囲まれた島ではなおのこと、暮らしの行事というだけでなく、自然現象を左右するものとして月の存在感がぐっと増す感じがします。

これは、東京に住んでいたときには感じなかったことでした。

月が身近。

島で暮らすと、そう思えてきます。

ちょっと脱線してしまいますが、電車がない、というのもひとつあります。

つまり、終電がありません。それで安心して帰りの時間を気にせず、ついつい飲んでしまいます。

いちばん飲んだのは詩の友人が島を離れるという送別会のとき。昼の三時に国際通りのビアホールで待ち合わせて、お開きは久茂地の交差点で翌朝の八時でした（さすがにこれは飲み過ぎでしたが、名残りは惜しく、話は尽きず）。

いずれにしても、島の夜は長いのです。

飲みはじめのうちは店をハシゴしていますが、やがてそれにも飽きてしまいます。

幸い、夏にかぎらず外はあったかい南国の気候です。ぷらぷらと港のほうへ散歩しながら、あれこれと詩の話などしつつ、見えてきたのは、泊ふ頭でした。ここから離島行きの船が出発しますが、真夜中ではさすがに船も眠っています。ぐうぐう。

手近なコンビニで缶ビールを買って、ベンチ代わりのウッドデッキの階段にそのまま腰掛けると、もう立派な酒席です。星を眺め、船を眺め、ふ頭の灯りを眺め、波の寄せる音に耳を傾けながら缶ビールを空けていくと、満月からやや欠けた更待月《ふけまちづき》が、さっきは高く上がっていたのが、もう西に傾きはじめています。

あれ、もうそんな時間？ とまた腰を上げて、まだまだにぎやかな街のほうへ戻っていきました。


新月の晩は街灯の少ないあたりでは、しんと息を飲むような静けさに沈んで、虫の音だけよく響いてきます。それがうっすらと細い二日月、三日月になると、夕暮れ間もない空にうっすらとした黄の光を見せてくれます。

そんなふうに感じ、眺めて楽しんでいると、月だけは昔と変わらない情景を見せてくれていることにも思いが行きます。きっと昔は、人と月との結びつきがずっと強かっただろうなと想像させられます。

月の満ち欠けで月日が定まり、満月や新月、半月などの日に、節目の行事が多く行なわれたように。正月は新月、小正月は満月、七夕は半月、お盆は満月……。

秋のお月見は、そんな月との親密な関わりを思い出すきっかけのようなならわしだと思えます。

稲刈り前の祈りを込めて、稲穂に見立てた薄《すすき》を飾ると、その薄の穂を依り代にして、月の神さまに豊作を願います。縁側には、月から見て左の上手に、旬の野菜を、右の下手に、月見団子をお供えします。まず自然の恵み、それから人の手でこしらえたものという順番には、いかに自然の恩恵に感謝していたかがわかります。

菜も実も茎も根も、素材ではなく、賜り物。

ところで最近、街ではひょいと薄を土手や野っぱらで採ってこようにもなかなかなくて、お店へ買いに行くのだとか。

そのへんにいくらでも生えていて、好きなだけ持っていけそうなものですが、きれいな薄を花屋さんに見つくろってもらう、というのも思えばロマンティックな気がします。おみなえしや桔梗《ききょう》、萩《はぎ》など、秋の七草をいくつかいっしょに飾ったら、なお素敵。

〈秋分《しゅうぶん》〉

店の旬と自然の旬

―銀杏《ぎんなん》の塩炒り―

秋になると楽しみな旬《しゅん》のおつまみに、銀杏があります。

塩で炒った、あつあつの固い殻を割ったら、つやつやと光る実が顔を出します。塩加減はほんのりでもしょっぱくても、どちらもおいしくいただいてしまいます。

旬の走りのときにはまっさきに注文しますが、秋深まってきたころには、何杯か飲んで、さぁ次は何を頼もうか、と思ったあたりでつまむのが好きです。塩気はお酒の味をきわだたせてくれるので、とくに熱燗や芋焼酎のお湯割りなどでいただくと、酒の香とともに、つくづく秋を感じます。

そんな銀杏の塩炒りとすでに再会を済ませた初秋のころ、米子を訪れたことがあります。

駅からまっすぐに延びる広い通りは、どうやら途中で左に行くと、中海《なかうみ》に辿り着けるようでした。いったん宿に落ち着き、空が茜色（あかねいろ）に染まりだすなか、駅前の繁華街を抜けて中海へ向かう並木通りを歩いていましたら、

「カリッ」

と靴の裏で固い音がしました。なんだろうと見てみると、イチョウの木から落ちてきた実、つまり銀杏を踏んでいました。ああ、もう銀杏の実が道ばたに落ちてくるころか、秋だなぁ、とぼんやり思いながら、そのまま歩きだそうとして、

「あれ？」

と、もういちど足を止めてしまいました。

いま踏んだこの実と、先日飲みながらつまんだ塩炒りは、どちらも同じ銀杏。居酒屋で出てくるおつまみと、並木道に落ちて転がっている実という違いがあるだけ。

ということは、すでにおいしくつまんで、今年も銀杏の旬が来たんだとうれしく感じていたあとに、同じことを思ってしまったのでした。

「ああ、銀杏の季節だなぁ」だなんて。

秋分をすこし過ぎたばかりで、まだゆっくりとした日暮れまでの時間に、中海に着

きました。

堤防の階段に腰をおろすと、右手には港、左手には町、そして向かいにはなだらかな山々が見え、その海は港と山のあいだから日本海へ続いていました。

こんなに海と近い町だから、とれたての魚介に恵まれているんだと知らされます。目の前の水面に時折、魚がはねるのを眺めながら、さっき踏んだ銀杏のことをふとまた思い出していました。

町で暮らしていると、ときに気づかされます。

注文すればどこかから出てくる料理と、自分がからだで感じる自然の実（といってもさほどめずらしくはなく、並木道で見かけるくらいですが）。そのふたつはたとえ同じ銀杏であっても、ずいぶん印象が異なることに。

ああそうか、旬の味だとよろこんで食べていたけれど、その場で感じた気になっていただけで、本当は銀杏の季節を感じ取っていなかったんじゃないか。自分自身で見て、ふれて、聞いて、感じてこそ、旬の息吹はしみ込んでくるものなんじゃないか、という思いがよぎりました。

でも、とまた考え直します。五感で初めて旬がわかるのなら、味覚はどうでしょう。

居酒屋で感じる旬だって、舌で味わう、自分のからだで感じるものです。

銀杏は、銀杏。

これがメニューに出ると、もう秋だねぇ、としみじみ感じる気持ちに変わりはありません。

熱燗をちびり、銀杏をひとくち、口端についた塩をぺろり。ほうっと、お酒の熱い息を吐きながら、舌に残る味は、酒もつまみも引き立てあってたまりません。

たとえば夕飯の買い物に出かけて、パック入りの銀杏が出ているのを見かけたら、それも旬。その晩に塩炒りや塩茹でが食卓にならんだら、それも旬です。

そのうえでもし、ふいに目の前に現われる自然の姿を通して、旬のいのちの息づかいを感じたくなったら、そのときは歩きやすいスニーカーやウォーキングシューズに履き替えて、次の休みの日にでも秋の野山へ散策に出かけたら素敵なんだと思います。

いやいや、そこまでしなくても、日が暮れてきたら馴染みのどこかに一軒寄って、またあつあつの殻をむきながら、つまんではちびちび熱燗でやるのがいいんだというのも、やっぱり、おつなものです。

秋のお彼岸《ひがん》

木の声を聞く

〈秋分《しゅうぶん》〉

旧街道沿いにある、木造家屋の二階の窓から、澄んだ朝の光が射し込んでいました。窓辺には小さな木のテーブルが置かれて、木の皿が二枚、ならんでいます。細かく細かく木彫りされた模様は、波のようで、日を受けて木地がきらきら光っています。

それは、木工作家の角俊弥《かくとしや》さんの木の皿。

昨夜は角さんの奥さんが切り盛りする暮らしのお店、山口のわっか屋さんで旧暦のお話会をしました。

そのままお宅に泊めていただいて、朝の光のなか、角さんの木の器を眺めると、奥さんの麻衣子さんが言っていた通りです。

「サーフィンが好きな人で、最初はなんでそんなことをするのかな、と思っていたんですけれど、いい波に乗れたっていう話を聞いたあとは、できた木の皿を見ると、まるで海のようなんです。

ああ、この人にとって、海は大事なんだな、と思いました」

このとき一枚、角さんのお皿をいただいて帰ったのですが、わが家の食器棚に飾ったきり、まだ三度ほどしか使っていません。もったいなくて。

なめらかな手ざわりで、蜜ろうを何度も塗り重ねた、やさしい光沢がつややかに光っています。朝ごはんにパンをのせて、そのお皿でいただいたのですが、ひときれのパンのありがたみ、木のあたたかみがしぜんと伝わってきました。

角さんは、木を伐るとき、木にたずねるのだそうです。

いいですか、と。

そして、心のうちに浮かんでくる木の声を確かめて、伐って木材としていただくことも、伐らないで帰ることもあるといいます。

そういえばトールキンの指輪物語には、森を守る木の化身のような姿をした不思議な種族が出てきますが、角さんはまるでその種族の一員のように、大きな目に、長い髭《ひげ》で、木のことを大事そうに話します。

木皿を彫ったあと、漆を塗りますが、刷毛などは使わずに、指の腹で塗るのだそうです。そのほうが凹凸のできた彫りの面にしっかりと漆が染み込むからと。何度も何度も、十回以上、漆を塗っては乾かして、一枚の皿を作るまでに長い長い時間をかけます。

うちにはもう一枚、角さんのお皿があって、四弁の花やなだらかな曲線の模様が縁にぐるりと彫られています。

アイヌの彫刻に心惹かれて、そのようなものを自分も、と角さんが彫ったもの。詳しく聞いたわけではないのに、この皿にどんな思いで模様を彫ったのか、爪の先ほどの小さなうろこ模様まで細かく彫られてあるところひとつをとっても、アイヌの心に寄り添おうとしてのことなのだろうと見て、ふれて、感じられます。

山菜を摘みに行くときも、川で鮭を獲るときも、あとから来る人や獣のこと、川上に住んでいる人のことを考えて、相手のぶんもとっておく。アイヌの知恵には、分かち合う心がおのずと宿っています。

その知恵のあたたかさを大事に受け取りたい、という思いをこの一枚に感じます。

工房を見せてもらいに向かいながら、車の中でいろんな話をしました。これがお金になるんだと意識すると、余計なものが入り込んでしまう。けれどもそういうものは無しで、心から作りたい、と思える一心で作りたい、と角さんは言いました。

一点一点に時間をかけて作るのも、それであまり数が作れないことも、手にとって実際に使ってみるとすごくすごく心地いいのも、角さんが、心が自然に赴くままにまかせていることの表われなんでした。

わっか屋さんのお話会では、ちょうど秋分の時分だったので、御萩《おはぎ》が振る舞われました。砂糖を使わずに、自然な甘みだけで作った御萩はどこかやさしく、小豆の味がしっかりしていました。

そのちょっと前、自転車を借りて近くをうろうろしていると、参道をまっすぐ行った先で神社のふもとに着きました。階段を上ってお参りしようとしたところ、あたりには彼岸花《ひがんばな》がたくさん咲いていました。

〈寒露《かんろ》〉
秋の夜長のふりかえり読書 ―読書の秋―

びっくりするような贈り物をいただいたことがあります。

それは、金子光晴《みつはる》の詩集『よごれてゐない一日』。しかも初版本で、タイトルの記された扉ページに、細い墨の文字で著者のサインが入っています。

その時代に付けられたままの、書店の名前入りカバーが掛けられており、折り目のところが擦り切れています。奥付を見ると、昭和四十四年一〇月三〇日とありますから、四十五年ほど前のもの。

この本の持ち主が高校時代に、打ち込んでいた部活でケガをしてしばらく休部しなければならない間、手に取って読んだ詩集だと聞きました。

そんなふうにやはり詩集は読まれるものなんだ、としみじみ感じて話をうかがった後日、自宅に届いた小包を開けてみると、まさにその詩集が入っていたのです。

こんなに思い出深い大事なものを、と思ったのですが、驚きながら、ありがたくいただきました。

なぜかはうまく言えませんが、本というのは、出会うべきときに出会うもの、たまたま開いて目についたとき、そこから読んでかまわないもの、と思っています。

そして人から人へ手渡され、言葉を運んでいくのが、書物のあるひとつの姿だろうとも思ってしまっています。

ぽっかりあいてしまった青春の時間を埋め合わせてくれる言葉。心が何かを求めて手を伸ばしたとき、その手を取って差し出される本。それが詩集であったことが、ごく自然に思えたり、自分のことのようにうれしく感じたりしました。

ぼくにとっては、中学へ通う通学電車の行き帰りにくり返し読んだ賢治の『銀河鉄道の夜』や、大学時代に毎日かばんに入れて、空いた時間につど開いていた中也の詩集などがそうだったかもしれません。

でも、そこに求める答えとぴったり出会えたことはありません。詩集にせよ、どんな本にせよ、ぽっかりあいた穴にぴったりあてはまる便利な言葉はないんじゃないかと思います。

むしろ思いもよらなかった言葉が、ぽぉんと心に放り込まれます。それをただ浴びながら、文字を辿りながら読むうちに、そんなふうに読書すること自体が、おのずと心の空白を、自分自身で埋めていく時間になるんだと思います。

秋の夜長といいますが、釣瓶落《つるべお》としに日が暮れて、虫の音が野原に響きはじめたら、静かな時間が訪れます。

そんなとき本を読むなら、それが若いころ好きだった一冊でも、読書の時間として贅沢なものです。

村上春樹の小説が好きで、たびたび読み返すのですが、なぜか年代がはっきりしていて、『風の歌を聴け』から『ねじまき鳥クロニクル』までを何度も読みます。

けれどもそれ以降の小説を読み返したことは、いちどもありません。その理由を考えたとき、思い当たったのは、自分の青春時代が『ねじまき鳥……』までだったんじゃないか、ということでした。

それ以降は、社会人になってから読んだものになりますが、もちろん発売を楽しみにしていて、読み出せば時間のゆるすかぎり読みふけってしまうものの、それで満足してしまうのです。

そうなると読み返したいのは、小説なんだろうか、あのころの気持ちなんだろうか、と考えてしまいますが、過去に立ち返るように本を読める、というのも読書のひとつのよさかもしれません。

じゃあもし誰かに本を贈るとしたら、どんなものを贈るでしょう。

その人の好みを考えて、ということはありますが、自分がとてもとても大事にしている本を、読んでほしいからあげる、というのも大切な気がします。親しい間柄の人なら、なおのこと。

それと、たまには自分にも。

本屋さんで、ふだん素通りしがちな棚で立ち止まってみるのも面白いと思います。タイトルでも装丁でもただなんとなくでも、ちょっと気になる、という本と出会えるときがあります。読み通してみて初めて、あぁ自分にとって必要な本だったんだな、とわかることが。

そんな本を、たわむれにでも、自分自身に贈ってみては？

学生時代をふりかえると、むだな時間が豊かに自分を作っていたことを感じます。

読書の時間にしても、一見むだそうに思えて実は豊かな時間がどれほどあるでしょう。

〈霜降《そうこう》〉

万葉《まんよう》の鶴、良寛《りょうかん》のもみじ　―紅葉―

詩を書いているとき、心のことをよく考えます。

心って何だろう、と不思議に思います。そして心がまっすぐに表われている昔の詩に惹かれます。どんなに凝ったテクニックが駆使された巧みな言葉の芸術よりも、恋しい、うれしい、さびしい、素晴らしい、とただありありと内面があらわになった、いわば真心の言葉を感じたくなります。

そして本当は、あらわな真心を表わす詩は、よっぽど人の心にも言葉にも深く通じていなくては作れない、ハードルの高い詩だとも思います。

桜田《さくらだ》へ鶴《たづ》鳴き渡るあゆち潟《がた》潮干《しおひ》にけらし鶴鳴き渡る　　高市黒人《たけちのくろひと》

万葉集の中にこんな歌があります。

桜田や、あゆち潟は、昔の名古屋の地名です。しかもこの「あゆち」が、愛知の由来とか。

《ああ、桜田へ鶴が鳴いて飛んでいくなあ。あゆち潟の潮が引いて、鶴が鳴いて飛んでいくなあ》と、そんな意味の歌です。ただ鶴が鳴いて飛んでいくのを眺めて、そのとおりに詠んでいます。見たまんまに。

これがいいんです。

晩秋の空に、鶴の鳴き声が聞こえてきます。そして海の上を飛んでいく姿を見送る、旅の情景。きっといまなら、写真に撮りたくなったかもしれません。それをみんなにも見せたくなるかも。昔なのでそんな便利な道具はありませんけれども、ある部分では、気持ちは同じだと思います。

「ああ、鶴が飛んでいく！」

と指さして、口にしたくなる気持ち。

ほんの短い歌の中に「鶴鳴き渡る」が二回も入っているなんて、よっぽど心にしみた眺めだったに違いありません。その感慨そのものが詠われています。

また、ある部分では、現代人とはまったく違う感覚が詰まってもいるようです。たとえば、この歌には、土地の神さまに祝福の言葉を捧げる意味合いがある、とも言われています。

でもそういう感覚は、ぼくには想像することさえよくできません。万葉集には、古い時代の人の心が、喜怒哀楽も、自然観や生命観も、これでもかこれでもかと込められています。

うらを見せおもてを見せて　ちるもみじ　　良寛

時代は飛んで、江戸後期。禅僧の良寛さんの句です。

良寛さんも万葉集が好きだったといいますが、そのことがこの一句から十分に伝わってきます。

くるくるとまわって落ちる、もみじの葉。それを見たら、見たまんまに詠んだ句です。それでいて、心を感じさせる句でもあります。

よくよく読んでも、この短い言葉の中にどんな深い心が詰まっているのか、おいそれとはわかりません。ただ、じんわりと何かを感じるだけです。まんまだけど、まんまだからこそ、深い言葉なのだと思います。

七十二候の秋の終わりには、霎時施《しぐれときどきほどこ》す、それから楓蔦黄《もみじつたき》なり、という季節がならびます。紅葉に初時雨《はつしぐれ》が降ると、もう秋はおしまい。冬のはじまりを告げるサインです。

万葉の昔から、みんなそれ、とばかりに歌に詠んだ題材でした。

そんな初時雨がかかったら、写真に撮ったり、手帳にメモしたり、友人に手紙を書いたりしてみては？　ただ見たものを、見たまんまに、上手く撮ろうとか書こうとか思わないで。

風物というのは訪れては去っていきますが、それに目を向けたとき、あたかも鏡のように、目を向けるこちらの姿を映してきます。秋のまっただなかにいる自分がいまどんなことを感じているか、ありありと見せてくれるものです。

さきほど紹介した良寛のもみじの句は、弟子の貞心尼《ていしんに》が歌集『蓮《はちす》の露《つゆ》』を著し、後世に伝えたものです。

尊敬する先達との出会いに恵まれ、その教えを授かることで、人生の道が開けていくことがあります。貞心尼にとって、良寛はかけがえのない存在でした。

まだぼくが詩を書きはじめたばかりのとき、ワークショップで出会った詩人がいます。その人の言葉に毎回励まされるように詩を書き、やがて処女詩集に結実しました。佐藤正子《まさこ》さんというその詩人には、どれだけお世話になったかわかりません。人生の出会いは、そのひとつひとつが宝物のようで、感謝は尽きません。

〈冬〉

〈立冬《りっとう》〉

旬といえばおでん

——鍋の日——

自分の三十代がそうだったので、とうてい他人事ではないのですが、あわただしく時間に追われる仕事にどっぷり浸かって、季節感もへったくれもない生活が続くことがあります。実はそんなとき、人間はもちろん自然の生き物なので、からだが自然のものを、とくに旬のものを求め、心が季節の兆しにふれたくなります。いつも以上に。

「季節を感じるのが大事っていうのはわかるんですが、ふだんの生活に季節感なんてないんですよ」

なので話を聞いていて、本当にそうだなと頷いていました。相手は、落語が大好きな、業界新聞の記者さんでした。たまたま沖縄に取材で訪れたときに会って、那覇の沖縄料理屋でいっしょに飲みました。その店は年季の入った古民家で、窓を開けると、町の音や風が時折いいぐあいに流れてきます。

でも、あえて重ねて聞いてみました。

「ないって、全然ないの？　まったく？」
するとしばらく困ったように考えて、相手はやがてぼそっと言いました。
「おでん……とか」

どんなに忙しくても、仕事帰りに飲みに行くことはあります。お付き合いでも、プライベートでも。そんなとき、メニューにおでんが出てくると、ああ、今年もそんな時期かぁ、秋も終わりだな、もう冬だな、とそう思うんだそうです。

なるほど。おでん。これはとても大事なことです。季節感って、こんなふうに目の前にあるものだと思います。それを受け取って、しみじみ感じるなかで出会う気がします。

ところで話が横道にそれるのですが、これをおでんの具としてゆるせるかどうか、という大問題があります。まさに鍋の〆の雑炊にかける卵をかき混ぜるかどうか、に匹敵する問題です。ちくわぶ、どうでしょうか？

ぼくは大好きです。でも、
「存在すら許せない、なんであんなものがおでんに入っているんだ、邪道だ、ふにゃふにゃしてて気持ちわるい」

なんて意見も直接耳にしたことが何度もあります。なぜ？　あんなにおいしいのに。忘れもしません、まだ小学校に上がる前の、団地に住んでいたころのこと。エレベーターで一緒になったちょっと年上の子が、おこづかいでおでんを買っていました。なんだかその子は上機嫌で「いる？」と言って、一口くれたのです。びっくり。こういうところが、昭和の団地っ子は気前がよくて、おおらかでした。

「うわ、やわらかい。じゅわっと味がしみてる。なんておいしいんだろう！」と、それがちくわぶとの出会いでした。以来、大好きなおでんダネです。


おでんもそうですし、鍋もいいですね。

一人暮らしをはじめてから、友人たちと部屋で何度鍋を囲んだか数えきれません。そのときの土鍋は、いまもわが家で大活躍で、かれこれ二十年の付き合いになります。

秋の里芋の収穫期は、東北では芋煮会《いもにかい》、京都ではずいき祭（ずいき=芋の茎）のシーズンですが、お米よりずっと古くから、里芋はこの島国の主食でした。十五夜の満月を芋名月というくらい、里芋の収穫を喜んで、大事にいただいてきた食物です。

それと昔は、旧暦十月の初亥《はつい》の日には、こたつ開きをしたそうです。こたつに入って鍋をつくなんて、冬の最大級の幸せ。語呂合わせで作ったのかもしれませんが、十一月七日が、一（い）一（い）七（なべ）で鍋の日。ちょうどぴったりの季節です。

鍋のおいしさの秘密といったら、昆布だしや、椎茸だし。

干し椎茸をどっさりと入れて、鶏、豚、春雨、白菜を塩でいただくピエンロ鍋は、冬の大ごちそうでした。

なのに、悲しいことに、いまも海にとんでもない量の汚染水が垂れ流されているとか、キノコ類は放射能の毒をためこみやすいとか。こんなにおいしいものの文化にいったいなんてことを、と思わずにいられません。せめてこれから先、原発は取りやめて、千年万年かけて浄化するしかないという事実の前に、もう愚かさを重ねたくないと願います。

ほんとうの豊かさって何でしょう？

ふとした拍子に旬のものと出会うたび、自然の恵みが身近に感じられてきます。

幼いころ、日本ってどんな国？　と母にたずねたらこう言いました。

「四季のある国だよ」

〈小雪《しょうせつ》〉

日だまりの忘れ花

―小春日和《こはるびより》―

あちこち旅していて、自然と目につくのは、野の花です。

たとえば奈良のほうで、田畑の脇を通りがかったとき、ふと畦に咲くたんぽぽに目が行きました。もしかして……と思って、そっと花をかきわけてみたら、そうでした！花の根元の短い葉のようなもの（外総包片《がいそうほうへん》といいます）が反り返っていなくて、ぴたっと茎に寄り添っています。

これはきっと、カンサイタンポポだ、とうれしくなりました。

町で見かけるたんぽぽは、ほとんど外総包片がくるんと反り返っていて、それはセイヨウタンポポのしるしです。どちらもかわいい黄色い花なのですが、在来種のカンサイタンポポを、それと意識して見たのは初めてのことでした。

また秋口に会津や喜多方を歩いていて、道ばたに小さなブルーの花、露草《つゆくさ》をよく見ました。道ばたのあっちこっちに、つぶらな瞳のような花が、こうべを垂れて咲いています。数日後、実家のある横浜まで来てみると、やっぱり道沿いに青い小花をちらほら見かけました。

そのひと月半後。十一月の初めに帰省したとき、さすがにもう咲いてないかな、と思ったら、同じ場所に一、二輪、花を残してくれていました。道のカーブのこんもりした草むらに、そこだけよく日があたっていました。

十一月といえば、旧暦では十月にあたるころ。

その旧暦十月は、別名を小春《こはる》といいます。なので小春日和というと、いまの十一月ごろにたまにある、春みたいにぽかぽかとした陽気のことです。

あれ？　先週まであんなに寒かったのに、今週はそうでもないなぁ、なんていうお天気が時々ありませんか。それが小春日和。人があたたかく感じるように、花も同じように感じるのかもしれません。

早合点した梅のうっかり者が、ぽっと早咲きしたりするんです。それはあんまり早過ぎる季節外れの花なので、帰り花、忘れ花、狂い咲き、なんて呼ばれてしまいます。

さて、かたばみ、むらさきかたばみ、おにたびらこ。

雑草、と言われている野花はどこでも見かけることができて、もしかしたら田畑や園芸をしている人の手をわずらわせているのかもしれませんが、ぼくとしては、小さな花たちの咲く姿にちょっとほっとします。逆に、道ばたを見回してほとんど何も咲いていないと、なんて緑の少ないところなんだろう、と心が乾いていくようです。

島で暮らすようになってから、つくづく、人のからだは自然物なんだと感じるようになりました。雨の日はちょっと頭が重たく感じられ、満月が近づくと心がざわめきます。首里城沿いに一回りしてくるだけで、植物に囲まれて気持ちがすっと晴れます。昔の人が折にふれて山野へ出かけ、自然の気を浴びていたことの大事さが、身にしみるようになりました。もっともっと、町にも土の地面が広がったらいいな、と思います。ひょんなところで小さな花に出会えるだけで、心をほっとさせてくれるから。

花の季節といえば、南の島と北の地方ではずいぶん違うんだな、と実感しました。真っ白い六枚の花びらを、すうっときれいにカーブさせて咲くテッポウユリといえば、沖縄では春に咲く野花ですが、九月にいわきを訪れたとき、公園の入り口のところで風にゆれている白い花があり、何だろうと近寄ってみると、そのテッポウユリでした。

南では春、北では秋。花の咲く時期が半年も違うというのは、頭ではわかっているけれど、実際に遭遇してみると、いい意味でびっくりです。

季節なんて、全国いっしょじゃないんです。それって素敵なことだと思います。さまざまな場所に、さまざまないのちの営みがあるからこそ、自然は自然なんだと感じます。

十一月の終わりごろ、七十二候では、朔風《さくふう》葉《は》を払《はら》うという季節がやってきます。朔風というのは、北風、木枯《こが》らしのことをいいます。

そのころになると、垣根に山茶花《さざんか》が咲くようになって、冬の散歩道の楽しみです。

それと、さっきの忘れ花ではありませんが、寒さが増すさなかにも、日だまりには、きれいな薔薇《ばら》が日の光を浴びて咲いている姿に出会えます。

冬薔薇《ふゆそうび》と呼ばれるその薔薇は、べつに冬に咲く種類なのではなく、秋の薔薇の名残りだというところに惹かれます。日の光があれば、咲き続けられるということに。

花は強いな、と思いかけて、いや、いのちが強いんだと思い直しました。

〈大雪《たいせつ》〉

小さな机と大そうじ

――正月事始《しょうがつことはじ》め――

そうじは大の苦手なのです。

できれば、やりたくない。やらなきゃいけなくても先延ばしにしたい。できるだけ最低限で済ませて、それでやった気になって、はーすっきりした、なんて言いたい。そんなタイプです。

でも、昔ほどは、きらいじゃなくなってきました。

というのも、たしかにそうじには、目に見えて変わる効果がある、とわかってきたからです。それは、部屋がきれいになる、というだけではなく。

いい仕事をしようと思ったら、身の回りをきれいにするのは、そのいい仕事に結びつく近道なんだと気づいてきました。

たとえば、机の引き出し。小さな机なので、引き出しは大と小の二つですが、大きな方には原稿用紙と万年筆、基本的にはこれだけしか入れないことにしています（ちなみに小さい方は、子どもが好きに使っています。宝物をしまっているようです）。

仕事場や書斎は十人十色で、机は広々としてなくちゃという人も、仕事机はできるだけ小さなほうがいいという人もいます。

ぼくは、できれば、ほんとうは、台所のテーブルがいちばんだな、と思っています。ほどよく肩の力が抜けて、使いやすくて、暮らしの感覚の真ん中という感じがして。でも書き途中のものやら、本やら、ノートやら、パソコンやら、仕事道具やらをぐじゃぐじゃに広げた状態で、ごはんを食べることはできませんから、

「そろそろごはんだよ〜」

となったら、ささっと片しては、また食後に広げるというふうにやってきましたが、それではさすがに生活しにくいので、最近ようやく仕事のための机を用立てました。

よくよく考えて、小さな机をひとつ。植樹に行った思い出のみずならの木（オーク）で、清水さん（夏至「樹齢百五十年の栗の木」に登場した家具デザイナー）のデザインで、北海道・東川《ひがしかわ》の若い家具職人さんに作ってもらいました。

みずならでできた天板は、ふれると気持ちいいものです。なのでできるだけ、机の

上にいつも物がないようにしています。資料用の本などは、使ったらそのたびに本棚に戻して積まない。書類や手紙は、すぐにどこかにしまう。あるのは、スタンドライトと、ペン立てと、友だちからもらった絵はがきをいくつか。それにペーパーウェイトと、コーヒーカップ。それくらいです。書くときにだけ、原稿用紙を広げたり、ノートパソコンを置いたりします。

そういうふうに片づけをできるだけこまめにすると、きれいです。この、きれい、という感覚が、心にすとんと落ちてきます。そして机が味方してくれるようになります。詩を書く気持ち、ものを書く姿勢、そうした心構えに、すっと入れるようにしてくれます。

きれいに片づけられたものは、自分を味方してくれるんだ、と気づかされましたが、それを思うたび……はぁ……残念ながら、机以外のところはぜんぜんで、見回したらそこらじゅう散らかり放題の部屋を、もう少しなんとかしなくっちゃと思います。

なぜ冬の寒い時期に、そんな大がかりなそうじをするのか、仕事机の上をちゃんと片づけるようになって、恥ずかしながら、ようやくわかってきました。

正月の準備として大そうじをしたり、注連縄《しめなわ》や門松《かどまつ》を飾ったりというのは、年が明けて、年神《としがみ》さまが家にやって来るのをお迎えするためです。注連縄は、結界《けっかい》の役目をするのですが、つまり、

「この結界の中は、神さまがいらっしゃるにふさわしい清らかな場所です」

と、お正月準備完了の太鼓判を押す意味を持ちます。そして門松は、年神さまの依り代です。門松を目印にしてやって来ていただくので、家の入り口などに置きます。

大そうじは煤払《すすはら》いといって、昔は十二月十三日の正月事始めの日から行なっていました。ですが、いまの年末はみんなとても忙しいので、大そうじは暮れの休みに入ってから、でもいいと思います。

大そうじが済んだら、正月飾りです。二十九日は九が苦につながり、三十一日では一夜飾《いちやかざ》りになってしまうのでそれらの日を避けて、暮れの二十八日までか、あるいは三十日に飾ります。

十三日というのは旧暦だと、満月間近のきれいな月ですね。昔の人は、正月事始めの十三夜の月を、どんな気持ちで眺めたんでしょう。

〈冬至《とうじ》〉

父と入った湯船 ——柚子湯《ゆずゆ》——

冬至の夜には、父や母が柚子湯をしてくれました。

ぷかぷか浮いている、小さくて実も切り口も黄色い実を面白がっては、中の種をほじくって遊んだり、湯に温まって香り立つ匂いを鼻からすうっと吸ったり。

もしかしたら、そんなふうにいつもより長めに浸かって、知らず知らずのうちに、冷えたからだが芯から温められていたのかもしれません。

今日は柚子湯だから、冬至の日なんだなと幼心に、とうじ、という言葉が入ってきました。

冬の寒い日に、柚子を湯に浮かべること。いくつもいくつも浮かぶ柑橘の実を楽しみながらも、野のものを直接お風呂に入れてしまうことに、どこか不思議さを感じていました。

いまにして思えば、新年を迎えるために心身を清める、みそぎでもある柚子湯の、ならわしとしてのあらたまった感じを、子どもながらに受け取っていたのかもしれません。


幼いころ、父の帰りが楽しみでした。

まだ一九七〇年代、わが家が東京、大田区の団地に住んでいたころです。

冷凍庫をあけると、そこには必ずといっていいほど、仕事帰りのおみやげが入っていました。それはもちろん、アイスです。

ぼくがとくに好きだったのは、明治の純という名前のアイスバーでした。

黒いパッケージの真ん中に、大きく「純」と書いてあるやつ。細い板の棒に、カチンコチンの四角いアイスがくっついています。歯ごたえ、固め。とろ〜りとクリーミーではなく、ガリッとかじる感じ。

チョコとあずき、二種類の味があって、チョコのほうが好きでしたが、たまに食べるあずきはたしか粒入りだったと思うのですけれど、あんこのやわらかい甘みと相まって、あずきだなぁ、と食べながらつくづく感じていた気がします。

チョコはもう、がっつりチョコで、板チョコに似たほおばり感がたまりませんでした。

そのアイスを、父はぼくと妹を風呂に入れるとき、持っていっていいよ、と言ってくれました。

あつあつの湯船で食べる冷たいアイスは、口の中のひんやり感と、からだのぽかぽかさのギャップで、いっそう幸せな味がします。

アイス以外にも、冬はみかんを凍らせておいたのを、どぼん、とお風呂に入れておいて、ほどよく溶けた食べごろに、湯に浸かりながらほおばったりしました。

お行儀がいいとは言えませんけれど、子ども心にとても楽しみなことでした。

出張がちで、いないときにはひと月家をあけることも珍しくなかった父とゆっくり過ごせる風呂の時間は、他愛もない遊びのようでいて、立派な家族の団らんだったように思います。

冬至の日には、運盛《うんも》りといって、「ん」がつく野菜などを盛りつけてお供えすると、運がやって来る、という言い伝えがあります。

大根、にんじん、銀杏、蓮根、金柑、寒天、うどん（饂飩と書いて、うんどん）。

それから、かぼちゃは南瓜と書くので「なんきん」と読んで、かぼちゃも入ります。

とくに「ん」が二つつくものは、冬至の七種《ななくさ》といって、「ん」が二倍なら運も二倍のご利益があるとか。

わが家では運盛りはしていませんでしたが、冬の野菜の主役はなんといっても大根！　ということで、風呂吹《ふろふ》き大根をよくやっていました。

土鍋に昆布でだしをとって、そこに分厚く輪切りにした大根を入れます。それから豆腐も一緒に入れていました（これは湯豆腐ですね）。

ゆでゆでになってやわらかくなったら、皿にとって、味噌をつけていただきます。口から湯気がほくほく出て、熱いのをふうふうと冷ましながら食べるのが、おいしさをいや増して、冬の大好物でした。

もっとも夜が長く、昼が短い冬至は、陰陽の陰の気がピークのときにあたりますが、その冬至のことを一陽来復《いちようらいふく》といって、陰が極まるときこそ陽の気が生じると捉え直す言葉があります。

そこから転じて、悪いことがあったあとにも、きっとまた幸福へ向かっていく、という意味にもなりました。

一陽来復。冬至のころには、こんな言葉のことも胸に思ってみてください。

〈冬至《とうじ》〉
活版《かっぱん》印刷の味　―年賀状―

はじめまして。詩人の白井です。詩を書いています、と言って名刺交換をするたび、よく目を丸くされます。

「え？　詩人……ですか……（え？）」

はい、そうなんです、と返事をすると、またびっくりされたり。

七十二候のことで、ラジオ番組に出演したときもやっぱり質問されました。

「詩人って、どうやったらなれるんですか？」

「名乗れば誰でもなれるものですし、ただそれと、詩人ですと言って説得力があるか、というのはまたべつで、つねに自分の書くものが問われるんだと思います」

たしかそんなことを話した気がするのですが、このときはかぜ気味で、とにかくせきだけはしないように、とばかり思っていたせいで（おまけに緊張もあり）、何を話したかよく覚えていないのです。せっかくの機会だったから、ちょっともったいなかったな。

いまはあまり名刺を交換する機会が多くないのですが、作るときは、必ず活版印刷でお願いしています。

活版って聞いたこと、ありますか？　金属でできている小さな文字のハンコみたいなもの（それが活字です）を、一字一字ならべていくんです。それをならべたら活字にインキを塗って、ぺたんと紙に刷ります。イメージとしては版画のような仕組みですが、それを正確に、きれいに、たくさん、手早く刷る活版印刷機でやります。

東京の江戸川橋に、嘉瑞工房《かずいこうぼう》さんという活版印刷所があって、そこでいろんなことを教わりました。

「みんな、活版って、紙に刷られた文字のところが凹んでて、味があるねって言いますが、本当は凹みがないのが上手な活版印刷なんですよ」

初めて訪れたとき、それを聞いてドキッとしました。ぼくもそう思っていたからです。

金属の活字をハンコみたいに紙にぺたんとやると、紙に少しめりこみます。そのめりこみが、ちょうど文字の形になっていて、それが味だとばかり。

「紙にふれるかふれないかのギリギリのところで、スッと刷って、それでいて文字がくっきり印刷されているっていうのがいちばんいいんです。キスをするように軽く、とイギリスでは言われているんですよ」

うれしそうに、でも誤解されているのがちょっと悲しそうに、嘉瑞工房の高岡昌生《まさお》さんが話してくれました。そしてこんな話も聞かせてくれました。

「活版印刷の最高峰は、詩とディプロマ（証明書）なんです。それは詩とディプロマが、もっとも文字組みの美しさを問われるからです」

言葉というのは、風のようなものです。もしも文字がなかったら、言葉を発した先から消えていってしまいます。自分が書いた詩を誰かに届けることができるのは、文字があるから。本の場合でいえば、紙があり、本の形に製本し、開けば、詩が文字になって印刷されている。それで初めて、詩は読まれる姿になります。

だから文字の印刷、というのは抜き差しならない大事なことです。

当たり前に聞こえるかもしれませんが、ぼくは言葉を、一字ずつ手で書いています。それは手書きしようと、パソコンで打とうと変わりません。詩も文章も、書くというのは手仕事です。だから同じように手仕事で、一字ずつ組んで、刷ってくれる活版印刷は、詩が読まれる姿になるための、かけがえない並走者のように感じています。

活版印刷で刷られた詩は、字がくっきりと際立っていて、読む時間がゆったりと流れていくようです。一字一字をじっくり見つめたくなって、実際にそうしてみると、いつまでも飽きることなく、ひとつひとつの字の書き出しや微妙な曲がり方、折れ方、とめ、はね、はらいなどのかたちに見入ってしまいます。

活字をならべる人によって、微妙に字間や行間が違って、高岡さんの活版印刷は、やさしい詩はやさしく、不思議な詩は不思議に、字と字の間に空気を含んでいるよう。

年末が近づくと、年賀状のシーズンですが、このところ毎年のように一月に展覧会があったので、案内状を年賀状代わりにしていました。年初めをテーマに詩を書いて、それを高岡さんに刷っていただいていました。

少なくなっているとはいえ、まだ活版印刷所は全国あちこちにあるようです。たとえば今度の年賀状は、思い切って、活版印刷で刷ってみる、というのはどうでしょうか。新年のごあいさつ文を一筆したためて、活版所へひょいと注文に。

そこに印刷されているのは、一字一字、人の手を介して生まれた、あなたの言葉です。きっと気持ちが伝わると思います。

〈正月 しょうがつ〉

生命力のおすそわけごはん　―お雑煮―

お正月のことなので、ちょっとかしこまった話から。

ところによっては、正月料理を大晦《おおみそか》日の夜からいただく風習があるそうです。それを最初に知ったときは驚きましたが、いろいろ昔のことを知るうちに、もしかしたらと思える理由が出てきました。

一日の数え方として、明日はいつから明日なのか、といったら、いまの時代では真夜中の午前零時からが明日です。でも昔は違ったんだそうです。日が暮れたとき。お日さまが地平線や水平線の向こうに隠れたときが今日のおしまい、明日のはじまりでした。これもちょっとびっくりです。

とすると大晦日の夜は、昔でいうと、もう元日。なので正月料理をいただいても何も不思議はないんじゃないでしょうか。その夜は寝ないで年始の朝まで過ごすという慣習もあったそうですが、新年のはじまりの日を祝って、大晦日の夜からごちそうを囲むという意味合いは、日付の変わり目を考えるとありえそうな気がします。
そしてこれは正月にかぎらない、日待《ひま》ちという風習とも関係があるようなのです。それは、いらしてくださった神さまとともに夜を明かす儀式。転じて後々には、日の出を待つ目的で夜を明かすことが日待ちの意味にもなっていったようです。

新年のはじめには、年神さまという正月の神さまが家にやって来ます。そのためのお迎えの準備が、正月事始めの大そうじや正月飾りでした。

そして正月料理も年神さまのためのものです。まずはお供えをして、お下がりをみんなでいただくことによって、年神さまの生命力のおすそわけにあずかる、というところに正月に食べるごはんの意味が込められています。

お雑煮というのはまさに年神さまの生命力のおすそわけごはんでした。お雑煮のことを昔は直会《なおらい》ともいって、神さまに捧げたあとにみんなでいただく食事を意味しました。

わが家のお雑煮は、すまし汁に餅や鶏肉、里芋、にんじん、ほうれん草に、みつばを添えて、といった感じの関東風でした。

でも時々、父が作ってくれるお雑煮に味噌仕立てのものが出てくることがあって、それもからだがあたたまり、味噌の味わいがぐっと具にしみておいしいんです。たしか一、二度、牛肉が入っていた記憶があるのですが、あれはもしかしたら、年越しや正月料理に使った残りのお肉を、えいっと入れて作ったものかもしれません。

正月のごはんはお供えのおすそわけなので、余り物ほど価値がある、と考えると、なんでもかんでも具を入れて煮る、年神さまのパワーのごった煮＝お雑煮というのはぴったりな名前ですね。雑な食べ物ではなく、ありがたいものをなんでもの煮物。

神楽坂に、jokogumo（よこぐも）さんという和の暮らしの道具のお店があって、そこで一椀だけ、漆のお椀をいただいたのが数年前のことでした。

うちのおみやげに、と持って帰ってならべてみると、それまで使ってきた汁椀とは食卓でぜんぜん違うたたずまいです。かみさん用にと思ったのですが、まだ小学校にも上がらない娘が「これがいい！」と、めざとく見つけてしまいました。仕方がないので、母娘で順繰りに使っています。

そのお椀、お正月に本当にぴったりで、いいものはいいなと感じつつ、jokogumoの店主の小池梨江さんは、その漆のお椀を求めて、アポもつてもなくとにかく職人さんに会いに行かなくては、と岩手まで足を運んだそうです。でもなかなか声をかけて仕事場に入れずに、前の道をうろうろしていたら、向こうから声をかけていただいた、なんて話を聞くとなおのこと、毎日大事に使って、使ったらすぐ洗って拭いて、とやっています。

それは朱色のお椀だったのですが、最近もうひとつ同じ作家物の、今度は黒のお椀をいただいてきました。まだ下ろしていないのですが、せっかくだから新年に、と。

旧暦から新暦に変わり、いまの一月一日は、七十二候では冬至の末候、雪下麦を出《せっかむぎをいだ》す。の季節と重なります。ぼくはこの候の名前も、桃始めて笑う、と同じくらい好きです。降り積もった雪、だけどその下では麦が芽を出すころだよ、だなんて、とても励まされる季節の名前です。

そんなふうに、寒さも世の中もたいへんなところから、でもほんの小さな麦が負けないで芽を出しているというのは、逆境になんか負けないぞ、と思える勇気の湧くことではないでしょうか。雪下麦を出だす。そしてどんどん麦はのびて、穂を風にそよがせて、たわわに実って、六月初めには、麦秋至《ばくしゅういた》るという麦の恵みの季節がやって来ます。

〈正月《しょうがつ》〉

水はいのち、お茶は薬

——福茶《ふくちゃ》——

ここ四、五年ほど毎年、お正月に神楽坂で旧暦をテーマにした展覧会をしています。この町には以前二年ほど住んでいたことがあるのですが、そのころちょうどお向かいだった和雑貨屋の貞《さだ》さんがギャラリーを開かれたので、そのご縁で。

ちなみに貞さんは、ひとたび暖簾《のれん》をくぐったら何も買わずに出てくるなんてとてもむずかしい魅力あふれるお店で、スニーカーみたいに気楽に履けるゴム底の下駄や、白い蛇革の鼻緒に畳表の雪駄、紺地の古布の手提げバッグなど、ここで出会えた宝物があれこれありますが、それはさておき。

昔の面影を残す町は、東京の真ん中でくるくると変わるスピードの速さにさらされながら、どこか変わらない風情をそっと保っています。

ぶらりと坂を下っていけば、どこからか三味線の音が聞こえてきたり、下駄を履いて歩けばからころと小気味よく、和の町の雰囲気にすっと溶け込めたり。

とはいえ、ぼくのほうは風流とかけ離れた暮らし向きでしたから、毘沙門天《びしゃもんてん》の前あたりで時折見かける芸者さんを、ああ、素敵だなぁと感じるくらいでした。

それでも町と縁ができて足かけ十年以上ともなると、顔なじみのお店やカフェに立ち寄っては世間話をし、日暮れてきたころには通い慣れた店へ一杯やりに行くといった、神楽坂独特の落ち着きある、人の優しさ、店のあたたかさが心地よく、なにかにつけて用事を作って遊びに行くのが楽しみになっています。


その一月の展覧会では、旧暦のある暮らしと題して、丹念な手仕事のものづくりをされている作家さんがたとご一緒したり、七十二候の日めくりならぬ、候めくり（七十二候はおよそ五日ごとに季節が変わるので）カレンダーをならべたり、年ごとに趣向を変えて開催していました。

そのお一人に、日本茶をおいしく淹れる名人の柳本《やなぎもと》あかねさんがいます。

お正月にはとびきりのお茶を、と玉露《ぎょくろ》を用意し、展覧会期間中の週末になると、ギャラリー奥の畳敷きの小上がりで日本茶カフェの場を設けます。

一煎、二煎と香りや味を楽しんで、もうそれだけでも十分満足なのですが、もうひとつ、あかねさんのお茶にはお楽しみがありました。それは、茶葉です。

「いかがですか？」

と声をかけてくれるので、お願いすると、あかねさんが楊枝と豆皿、そしてぽん酢を用意してくれます。

「良質な玉露は、茶葉をそのまま食べてもおいしいんです」

急須のなかから楊枝で掬い、玉露の茶葉を豆皿に移します。ふわっ、とまたそこで、お茶の香り。少しぽん酢をかけて、どうぞ。


なんと言ったらいいのでしょう。それは茹でた菜を、ぽん酢でいただくあのやわらかみと舌ざわりとしては似ていなくもないのです。ですが、噛んだとたん、口のなかに広がる香りというか味というか、それまでぎゅっと封じ込めていたものが豊潤に弾け出すのは紛れもなく、玉露そのもののエッセンスです。

じつは、油断して体調をくずしたまま展覧会に臨んだ年があったのですが、その玉露をいただいてしばらくしたら、からだの内側が熱く、力に満ちてくる感覚が湧いてきて、いつのまにか元気が戻っていた、なんてこともありました。

良いお茶は良薬だと古来いわれてきたことを、身をもって知るできごとでした。

ところで、お正月にいただくお茶に、福茶があります。

もともとは元日の夜明け前に、新年最初の水を汲むしきたりが宮廷にありました。若水《わかみず》と呼ぶその水は、神さまや王さまに捧げたのですが、時代が下り、やがて年初めの水を大切にいただく習慣が広がっていきました。

水は、かけがえのない、いのちの源泉。若水を沸かして淹れるお茶を福茶といって、感謝していただきます。

お茶のなかに梅干や結び昆布、山椒などを入れるともいいますが、どうやらそれは室町以降の流儀のようです。時代時代で変わるのなら、現代ではシンプルにふだん飲んでいるお茶をそのままでもいいと思います。感謝して、いただく。もうそれだけで。

水がいのちなら、お茶は薬。

そんなふうに思ってみると、年初にいただく福茶の、なんと贅沢なことでしょう。そしてその贅沢を注ぐのは、自分自身のからだのなかにです。

忙しい日々にあっては、ふだんからなかなか自分のからだを省みて、大事にすることもむずかしいものです。だからこそ今年一杯目のお茶を、自分を大事にするいたわり初めにしては、いかがですか？

〈正月《しょうがつ》〉

新年のノート ―書き初め―

一月二日は書き初めの日。それにちなんで、文房具のことを少し。

もう十年近くになりますが、日々の記録や、ふとした思いつき、取材メモなど、なんでも書いてしまうノートを使っています。長野県伊那市《いなし》にある、美篶堂《みすずどう》さんという製本所で、職人が一冊一冊、手仕事で作っている、布張りのハードカバーのノート。

それは小口にふれただけで手にやさしく、心にしっくりとなじむもの。使い終えたら本棚に挿していき、もうずいぶんならびました。鞄に入れて持ち歩き、旅にも連れていくのですが、丈夫にできているおかげで、折れ曲がったり、ほつれてページがばらばらになったりしたことは一度もありません。

まっさらなページが束ねられた新品のノートが、自分の手書きの文字で埋められていくのはそれだけで楽しいものです。書き終えたときには、いつから使い出しただろう、と最初のページの日付を確かめて、月日が経っているのを一冊の厚みぶんで実感します。

ある一日一日の、思いつきのような言葉たち。

そういうものを夜、仕事が一段落したときに、つらつらと書いては、一日ぶんいろんなできごとを過ごしてごちゃごちゃしている心を落ち着けています。

あくまで心が静まる間の書き物なので、頭の中を整理するためのものではありません。ただ思い浮かんだ言葉を、思い浮かんだままに端から書いていくだけなので、文脈が飛んだり、尻切れとんぼで文章が終わったりしてもへいちゃらです。

ひとつだけ決めているのは、最初のページに詩を書くことです。

ぱっと頭に浮かんだ言葉を書きつけたら、そのまま一行目を書いて、できたら二行目、三行目と続けていきます。誰かと電話していて、そばにあるメモ帳にボールペンでぐるぐる落書きするような感じです。

そうすると、自分のそのときの気分が、とってもよく出てきます。

この日から使いはじめたよ、という目印なので、そのときの気分がそのまま表われているほどいいような気がしています。だって誰に見せるわけでもないのですから、自分のための、自分だけの言葉の居場所なのですから。

最近になって万年筆を使いだした、と言いましたが、あれこれ書くうちに、とくに夜、家で物思いの書き物をするときには、太字のもののほうが考え事をしやすいな、と感じるようになってきました。ペンそのものの重みに任せて、手はほとんど添えるだけで力を入れず、太字のとくとくとインクが湧き出るような感じで書き綴るとき、すうっと、心の中の思いや考えが紙の上に自然と表われてくるようで。

なので一本、ノート用に太字の万年筆を新調しました。

大きめの軸で重みがありますが、ペン先はふわふわと柔らかい書き心地です。そのペン先は、ぼくの書き癖に合わせて調整してもらってから、さらにゆわんゆわんと滑らかに文字を書けるようになりました。

自分で言うのもなんですが、とてもへなへなな筆跡なので、そのへなへなな文字を流れるように滑らかに（でもへなへなは変わらずに）書きやすくなって、気づくとノートに書きつける量が、ぐんと増えていました。

フルハルターの森山信彦さんというペン先調整の専門家にお願いしたのですが、なんというか、まるで生き物のような万年筆になりました。

言葉を書く、というのは暗がりで心を手探りして何かを掬いあげるようなところがあります。それだけに、同行の杖となる道具にそうそう無頓着ではいられないのですが、かといって、ここまで筆記具にこだわるとは自分でも思っていませんでした。でもふりかえれば、こだわりというよりも、物と、そして人との出会いに恵まれた由縁という気がします。

書き初めは、書の上達を願ってするものです。そしてそれは言葉と向き合う心構えをするための、新年の所作でもあるのではないでしょうか。

ただ心に思うところを、自分のためだけに書き綴る。そんな書き初めがあってもいいような気がします。新年の抱負といったかしこまったものでなく、もっとプライベートな言葉。正月の夜、新しいノートの最初のページに、心に耳を澄ますようにして浮かんでくる言葉を書きはじめては。

〈小寒《しょうかん》〉

若菜摘《わかなつ》みのほろ苦さ　―春の七草《ななくさ》―

せり、なずな、ごぎょう、はこべら、ほとけのざ、すずな、すずしろ。春の七草。一月七日の朝にいただく七草粥《ななくさがゆ》ですが、若菜摘みといって、前日の一月六日には野に出かけて菜を摘んでくる慣習がありました。

雪の野に初めて顔を出す若菜には、いきいきとした生命力が満ちあふれているので、それをいただいて、元気のお裾分けをしてもらおう、とそんなならわし。

昔の人は、それほどに春の気をこまやかに感じとっていたのだと思います。

そしてほろ苦い菜をいただいたとき、今年も旬を味わえたことにじんわりとうれしさがこみ上げます。

ふきのとう、わらび、ぜんまい、うど、たらの芽。

その苦味には、冬の間の寒さに、ぎゅっと縮こまっていたからだがため込んできた毒素を出してくれる役割があるそう。しだいに暖かくなるにつれ、ほわっと緩んでくるからだに、春の菜がじわじわっと苦味を効かせて、たまった毒を追い出してくれます。

そんな春の菜というと、会津の陶芸家、樹ノ音工房《きのおとこうぼう》の佐藤大寿《だいじゅ》さんの家でいただいたふきのとうの天ぷらが心に残っています。

そこは会津本郷焼きの故郷、会津本郷町《あいづほんごうまち》。

陶器の土も、磁器の土も両方とれる地元の山、白鳳山《はくほうざん》のふもとに昔から多くの窯元があり、山の土で数々の器をえいえいと作り続けてきた歴史ある焼き物の里です。

大寿さんと奥さんの朱音《あかね》さんに案内されて、お父さんの登《のぼ》り窯《がま》へ案内してもらう途中、道ばたに白く積もった雪のなかから顔をのぞかせている、生まれたてのような萌《もえ》黄色《ぎいろ》をしたふきのとうを朱音さんがひょいひょい採っていました。

その晩、とろぉりとたっぷりの灰釉《かいゆう》をかけて焼いた大寿さん作の大皿が食卓をにぎわせて、ふきのとうの天ぷらが現われました。おいしいお酒をいただきながら、土地の旬の物を、それも揚げたてをいただけるなんてめったにないことです。そのおいしさもさることながら、食卓に置かれた大皿が、なんとも言えずうれしい、もうひとつのもの。

大寿さんはずっと、樹ノ音工房としては、白や黒のこっくりとした色で、いまの若い人の暮らしに使いやすいシンプルな器を作っていました。なのにその晩の灰釉の大皿は、会津本郷焼きの伝統のもの。大寿さんの家は代々、本郷焼きの器づくりをしてきた家系で、灰釉は幼いころから慣れ親しんできたものです。

日本の暮らしのいまと歴史がどう重なり合わさるのか、その夜の大寿さんは、いまの作家としてつくる伝統の灰釉を見せてくれたのでした。

現代の軽やかなライフスタイルと昔ながらの営みのありかた。どんなに暮らしが変わっても、変わらないものがあるんだということを、とうとうと釉薬《ゆうやく》をかけて流れるにまかせ、それで良しとする作風の器が語っているようでした。変わらないことが、そのまま心の自由さでもあるようなかたちとして。

ふきのとうは天ぷらだけでなく、蕗《ふき》みそにしても、春の味。だんだん暖かくなってくると出回る山菜など増えてきます。

大人になってお酒を覚えてから、ようやく旬の苦味のうまさを味わえるようになりましたが、ぼくが大学を出て司法浪人をしていたころ、一足早く社会に出た友人が給料でおごってくれたことがありました。

池袋のサンシャインがあるあたりで、入り馴れない小料理屋のカウンターに二人でならび、奥の黒板におすすめと書いてある、たらの芽の天ぷらを注文しました。ドキドキしながら、席についていたなぁ。

そのころは一人暮らしの自炊ばかりで、ふだんさしておいしいものも作れず、食べておらず、そんな様子を見かねて誘ってくれたんだろうかと思うと、なんの話をしたのかも、そのとき頼んだたらの芽の味もすっかり忘却の彼方ですが、その晩のことは忘れられません。

旬の味覚にもいろいろありますが、春の若菜にはなぜか、胸にしみる思い出が多く残っています。それはおそらく、待ちわびたあたたかい季節の訪れに、身と心とが自ずとうちふるえる感覚とも無縁ではないように思われます。

〈大寒《だいかん》〉

鍛冶場《かじば》の水 ――寒《かん》の水――

たばこ一本ほどの小さな鉄の棒を、ハシ（鍛冶屋箸《かじやばし》）の先でつまみました。そしておもむろに、ゴォォォォォと音を立てて風が送られ、あかあかと炭が高熱に融けている火床《ひどこ》に、ハシでつまんだ棒を差し入れます。

一、二、三……。しばらく待ちます。時々、ちっちゃな火の粉が舞いますが、気にしていられません。熱っ、とがまんして、引っぱり出した棒が真っ赤になっているのを、間髪入れずに金床《かなとこ》へ。まずは打ちやすいように、棒を曲げるのですが、さっきまであんなに硬かったのに、ぐにゃりと拍子抜けするほどあっさり曲がります。それだけ熱いということ。冷めないうちに、よいしょ、ダンッ、よいしょ、ダンッと不慣れな手つきで鎚を振るいました。

でもせっかく赤く灼けた棒は、あっという間に冷えて、元の鉄の色に戻ってしまいます。もう一回。火床に入れて、また出して、打って。ほんとうはくり返さないほうがいいのですが、初心者なのでそうそう手際よくできません。少しずつ、少しずつ、曲げて、打ち延べて、形を作っていきます。

まぁ、不格好だけど、これでと思ったら、最後に樽の水に突っ込み、じゅっと冷まして完成。根元がくいっとカーブして先が細まった和釘《わくぎ》の、下手っぴなのができました。初めての鍛冶体験です。五本打っただけで、腕の筋肉がふるふるしています。

鍛冶屋の鈴木康人《やすと》さんの鍛冶場にて。

初めての鍛冶体験。鉄と火がどんなに固く結びついているものなのか、まざまざと肌で感じました。

「一度壁に錐《きり》か何かで穴を開けて、それからこの和釘を打ち込んでください。中の木に食い込むとき、釘が曲がって入っていって抜けなくなりますから」

いまの釘より軟らかいのでそんなふうになるそうです。康人さんの家では、壁に打った和釘を荷物掛けのフックにするなどして使っていました。

「お昼にしましょうか」

声をかけられ、縁側のあたたかく日があたるテーブルにつくと、奥さんの智子さん

（立春「豆三粒包める布は捨てない」に登場した布作家さん）が、うどんを作ってくれました。野菜がどっさりのった、豆乳仕立てのうどん。

じんわりと鎚の感触がまだ残っている手で箸を握って、すすったうどんの味が、からだにしみ通っていきます。

じゅっ、と鉄を冷ましたあの水は、大寒の時期に汲む、寒の水です。鍛冶場の天井を映したモノトーンの水面が、熱された鉄を吸い込む瞬間、ぼわっと湯気を出したかと思ったら、あっという間に静まるあの感じ。水から引き上げられるとき、鉄の道具がひとつ、この世に生まれ出ます。

昔から、寒の水は腐らないといって、鍛冶の焼き入れや、醤油造り、味噌造り、酒造りなどで重宝されてきました。大寒は一月下旬、二十四節気のうち一年でいちばん寒い季節です。

康人さんが作る和包丁は濃い鉄色をしていて、刃先が鏡のようにまばゆく光っています。何種類ものやすりをかけて、丹念に研いで仕上げます。わが家でも菜切《なき》り包丁をいま一本お願いしているところです。

「玄関に置いてある自転車。あれは包丁と交換したんです」と康人さんが言いました。「それと同じくらいの（値段の）物じゃつまんないから、相手がびっくりするようなのを渡してやろうと思って」

とびっきりの包丁を手渡したとき、相手が喜んでくれたらうれしいから、と。

お金のやりとりではなく、物の交換をする。そのときにちょっといたずらみたいに、いいものをあげる。売り物にするときも、値段よりずっと上等なんじゃないかというようなものをこしらえる。そういうことって、昔はたくさんあったのだろうな、と話を聞いていて思いました。いいえ、いまでもどこかの店先で、たとえば「コロッケ一個、おまけしといたよ」なんてやりとりなら、まだまだあるはず。

そんな作り手の意気や遊び心、おまけ精神というのは、めぐりめぐって世の中に豊かさをもたらす草の根っこだと信じています。豊かさって、ただの物の価値じゃありません。気持ちの乗っかった物の価値のことです。それは簡単にはなくならないし、金勘定にはおさまらない。

あちらこちらの台所で、とびっきりの包丁がきらきら光って、毎日のごはんができていくんだとしたら、なんだかくすぐったいようなうれしさです。

〈大寒《だいかん》〉

野良の鶏《にわとり》を飼う

──鶏始《にわとりはじ》めて乳《にゅう》す──

いまの実家のあるあたりというのが、越してきたばかりのころは、野山に毛が生えたようなところで、庭に野良の鶏が紛れ込んできたことがありました。

当時ぼくは小学二、三年生くらいだったのですが、家の中にいると庭から物音がして、やけにうるさいな、何だろう？　と出てみたら、植えたばかりの金木犀《きんもくせい》の上空を、ばさばさと鶏が飛び回っていました。え、鶏ってあんなに飛ぶんだ？　とか、どこからやって来たんだろう？　とか、野生ってどういうこと？　ここ町中じゃないの？　とか、いろいろ頭の中でかけめぐりつつ、やがて騒ぎの主は、父につかまえられて大人しくなりました。

建てたばかりの家のガレージには、余ったベニヤ板が置いてあったので、小屋を作るのには困りませんでした。釘打ちの簡単な箱に白いペンキを塗って、園芸店で買ってきたらしき金網を張って、鶏小屋のできあがりです。

毎朝、餌をあげに行くのが、ぼくの仕事でした。

ある日、ちょこんと食卓のテーブルに何か置いてあり、何かというか、それは、やや小粒の卵でした。

「鶏が産んだ卵だよ」

と母は言って、オムレツだか目玉焼きだかにしたんだと思います。すごい。産むんだ。食べられるんだ。卵ってお店で買ってくるんじゃないんだ、とぼくはまたびっくり。それからは、餌をあげに行きながら、産んでいるかな、どうかな？　と卵を見に行くようにもなりました。自分がとってきた卵が、朝ごはんの目玉焼きになって出てきたとき、なぜか黄身が二つあって、双子だ！　ということもありました（二黄卵《におうらん》というそうです）。

でもとにかく小屋は臭いわけですし、雨の日に餌をあげに行くと庭の土がじめじめしていていやだったので、あまり積極的に鶏の面倒を見ていたとは言えません。いちばん愛情を持って育てていたのは、やはり父だった気がします。

立春の東風凍《とうふうこおり》を解《と》くからはじまる七十二候は、一月下旬に、鶏始めて乳す（鶏始めて鳥屋《とや》につくとも）で締めくくられます。鶏が卵を産みはじめるころ、という季節です。昔、鶏には産卵の時期があって、それが春から夏にかけてでした。いまのように年中産むというものではなかったわけですが、家畜として飼いならされるうちに、鶏の産卵期、卵の旬というものはなくなりました。

一時期、小さめのフライパンに卵をぽんとひとつ割り入れて、ふわふわのオムレツを上手に焼くのに凝ったことがあります。うまくできたことはほとんどなかったのですが、それでも一、二度、薄い生地をくるっくるっと丸めていき、中は半熟のとろみがかったオムレツに成功したことがあります。

このごろは娘にオムライスをねだられて、週末の昼ごはんに、ごくたまに作ってあげると、とても喜ばれるのですが、実は内心微妙です。多少オムレツが分厚かろうと、カチンカチンに固焼きだろうと、とにかくケチャップがいっぱいかかっていれば娘的にはおいしい！　というのは、作る側にしてみれば、ケチャップに対する敗北感でがっくりです。でも、まぁ、ケチャップライスの上にオムレツをのせ、その上にシュシュシュッと細くて赤いラインがいっぱい波打ってかかっているのを大喜びしているので、まぁ、いまに見てろよ、と。

この時期は、冬の終わり、立春のすぐそばという意味の、春隣《はるどな》りという季語があります。これはなんていい言葉なんだろうと感じてしまいます。冬の季語なのに、春の文字が入っていて、もうすぐだよ、というニュアンスに満ちています。

春隣りのころは、節分でもあります。

大阪の山のほうにあるプテアさんというギャラリーでお話会をしたとき、古民家を改装した家の和室で、みんなで節分の豆まきをしました。鬼は外、福は内の、さて福はどこへ投げようかとなったとき、お客さんが、

「うちでは天井にぶつけます」

と言いました。いいですね、そうしましょう、とみんなで一斉に天井へ。パラパラと小気味のいい、いかにも縁起よさそうな音が響きました。

わが家では、福は内のとき、それぞれの部屋に投げていきます。鬼は外は、実家にいたころは戸や窓をがらっと開けて、庭の暗がりへ。でもいまは、ベランダにそっと、という感じです。

鬼は外。福は内。また一年がめぐりますが、どうかいいことありますように。

豆コラム　七十二候について

一年に七十二もの季節があるなんて、考えてみると、かなりマニアックな暦ではないでしょうか。

天気予報などで時々出てくるので、立春や夏至、秋分や大寒などの二十四節気は聞いたことがあるかと思いますが、さらにそれを小分けしたのが、七十二候です。

古代の王朝が、天文学などの知見を総動員してつくった、国を治める手立てでもあり、また、田畑を耕す人々が、おおまかな一年の流れと仕事の節目を知る農事暦の側面もありました。

そんな自然の姿と人の営みが入り混じった不思議な暦、七十二候のことを、個人的なエピソードなどもまじえつつ、ちょこちょこ書き連ねてみました。ぱらぱらとつまみ食い的に、どうぞお楽しみください。

＊日付は毎年変わるので、二〇一五年のものをおよその目安に。

〈春〉

◉立春《りっしゅん》　春の兆しが顔を出しはじめる季節

2／4〜　東風凍《とうふうこおり》を解《と》く

あたたかい春風が、川や湖の氷をとかしはじめるころ。古代中国の書物『礼記《らいき》』の一節に「東風凍《とう》を解き、蟄虫《ちっちゅう》は始めて振《うご》く。

魚氷《こおり》に上り、獺《たつ》魚を祭り、鴻雁来《こうがんきた》る」とあります。これが七十二候の季節の名前の由来に。

2／9～　黄鶯睍睆《うぐいすな》く

鶯が鳴きはじめるころ。この候は昔、礼記にしたがって、蟄虫始めて振くだったのが、梅花乃芳《うめのはなかんば》しに変わり、さらに鶯の候になりました。

2／14～　魚氷《うおこおり》に上《あが》る

氷が割れて、魚が跳ねるころ。二月半ば過ぎの候。春先に張る薄い氷を薄氷《うすらい》といいます。雪どけの白濁した水が勢いよく川に流れ込むのは、雪代《ゆきしろ》。

◉雨水《うすい》　雪から雨に変わる季節

2／19～　土《ど》脈潤《みゃくうるお》い起こる

あたたかな雨に、大地が潤いめざめるころ。雨が降ってぬかるんだ春のどろんこ地面を、春泥《しゅんでい》と。

2／24～　霞《かすみ》始めて靆《たなび》く

春霞《はるがすみ》がたなびくころ。この候の名前は、霞《かすみ》碧空《へきくう》を彩《いろど》る、ともいいました。こっちのほうが詩的かも。春は霞、秋は霧。

3／1～　草木萌《そうもくも》え動く

草木が芽吹きだすころ。桃の節句がこのあたり。木《こ》の芽時《めどき》といって三～四月にかけては季節の変わり目なので、体調に気をつけて。

◉啓蟄《けいちつ》　土の中の虫が起きだす季節

3／6〜　蟄虫戸《すごもりのむしと》を啓《ひら》く

冬ごもりの虫が顔を出すころ。三月三日の桃の節句を、新暦でやるようになってからは、おひなさまは雨水に出して啓蟄にしまう、とも。湿気に気をつけて、晴れた日にしまいましょう。

3／11〜　桃始めて笑う

桃の花が咲きはじめるころ。桃は邪気をはらう力があるとか。かぜをひいて寝込んだとき、差し入れにもらった桃がみずみずしくておいしかったな。この日が来るごとに思い出す、いのちと自然のかけがえなさ。

3／16〜　菜虫蝶《なむしちょう》と化《か》す

さなぎが割れて、蝶になるころ。いつかの春、ポストにさなぎがくっついていたのですが、ある朝、目の前でパッと蝶が。羽がうるうると輝いていました。

◉春分《しゅんぶん》　昼と夜がほぼ同じになる季節

3／21〜　雀《すずめ》始めて巣くう

雀が巣をつくりだすころ。お隣の家の屋根がわらのすきまや戸袋のなかに、雀が巣を作っていたな。顔を出す仕草がかわいくて。

3／26〜　桜始めて開く

桜の花が咲きはじめるころ。長野の高遠城《たかとうじょう》址公園《しこうえん》で夜桜見物をしたとき、あまりの見事さに何度も足を止めました。

3／31〜　雷乃声《かみなりこえ》を発す

雷が鳴りはじめるころ。春の雷は春雷《しゅんらい》といって、ピカ、ピカッと一、二回光って鳴りやむ一瞬の光。初雷《はつらい》とも。

◉**清明《せいめい》**　清らかで生き生きとする季節

4／5〜　玄鳥《げんちょう》至る

つばめが南からやってくるころ。つばめの別名はさまざま。玄鳥《げんちょう》、乙鳥《つばくら》、天女《つばくらめ》。

4／10〜　鴻雁《がん》北へかえる

雁が北へ帰るころ。このころの曇りがちの空を、鳥曇《とりぐも》りといいます。またそのころの雲を鳥雲《とりぐも》と。

4／15〜　虹始めて見《あらわ》る

空に虹が初めてかかるころ。春は雨が多いから、雨後の虹もきっと多いはず。

◉**穀雨《こくう》**　穀物に恵みの雨が降る季節

4／20〜　葭《あし》始めて生ず

水辺の葦が芽吹くころ。この時期は、いろんな名前の雨が降ります。春雨《はるさめ》、春霖《しゅんりん》、菜《な》種梅雨《たねつゆ》、瑞雨《ずいう》、甘雨《かんう》、催花雨《さいかう》、卯《う》の花腐《くた》し……。しとしと。

4／25〜　霜止《しもや》んで苗出《なえい》ず

霜が終わり、苗が育つころ。籾から苗を仕

立てる苗床を、苗代《なわしろ》といいます。霜にやられず、たわわに実れ。

5/1~　牡丹華《ぼたんはな》さく

牡丹の花が咲きだすころ。だいたい二日が八十八夜。新茶の季節。八十八夜の忘れ霜といって、ふいに降りる霜に気をつけて、と。

〈夏〉

◉立夏《りっか》　しだいに夏めいてくる季節

5/6~　蛙《かえる》始めて鳴く

蛙が鳴きはじめるころ。オスの蛙が、メスの蛙を恋して鳴くのだそう。春の蛙の詩を書いた詩人、草野《くさの》心平《しんぺい》にはこんなふうに聞こえたみたい。「けるるん　くっく」

5/11~　蚯蚓《みみず》出《い》ずる

みみずが土から出てくるころ。あの見た目がもう苦手なのですが、土を肥やしてくれる畑の味方。うぅ……。

5/16~　竹笋《たけのこ》生ず

たけのこが出てくるころ。たけのこごはんが恋しい季節。選ぶときは、小ぶりでずっしりしたものが美味。

◉小満《しょうまん》　生命が少しずつ満ちる季節

5／21～　蚕起《かいこ》きて桑《くわ》を食う

蚕が桑の葉を食べて育つころ。絹糸がとれるありがたい虫は、おしらさま、おぼこさまなど、さま付けで呼ぶ地方も。

5／26～　紅花栄《べにばなさか》う

紅花が咲くころ。紅を染める貴重な染料になる花。紅は古名を、呉藍《くれのあい》といいました。古代中国の呉の国からきた藍色。くれのあいが転じて、くれない。

6／1～　麦秋《ばくしゅう》至る

麦が実るころ。出雲を旅したときのこと、麦畑を通り抜けるとき、いちめん輝く金色でした。ああ、これが麦秋なんだ、と目を細めました。初夏なのに秋というのは、収穫の時期という意味。

◉芒種《ぼうしゅ》　稲や麦の種をまく季節

6／6～　蟷螂《かまきり》生ず

かまきりが生まれるころ。かまきりが前足を、胸の前で合わせる姿が祈っているようだと、拝み虫という別名も。

6／11～　腐草《ふそう》蛍と為《な》る

蛍が飛びかうころ。蛍の語源は、火照る、星垂れる、などといわれます。不思議な光の秘密に、人は思い馳せてきました。

6／16～　梅子黄《うめのみき》なり

梅の実が熟して色づくころ。梅雨は草木や花を潤す、喜雨《きう》とも呼ばれます。お気に入りのカサが一本あると、雨の日に出かけるのが楽しくなります。

◉夏至《げし》　一年でいちばん昼が長い季節

6／22～　乃東枯《なつかれくさかれ》る

うつぼぐさが枯れたように見えるころ。北欧では夏至のお祭りをします。塔を立てて、そのまわりを民族衣裳を着て踊るそう。

6／27～　菖蒲華《あやめはな》さく

あやめが咲くころ。あやめの仲間に、イチハツという花があります。あやめより一か月早く咲くから、一初というのだそう。でもこのイチハツ、沖縄では一月に咲くんです。一月に咲くから、一初!?

7／2～　半夏生《はんげ》ず

半夏（からすびしゃく）が生えるころ。半夏生までに田植えを済ませよう、という目印になってきた季節。田植えが済んだら、手伝ってくれたみんなにうどんをふるまう風習が。とれたての麦で打ったうどん、さぞおいしかろ。

◉小暑《しょうしょ》　梅雨明けで暑くなる季節

7／7～　温風《おんぷう》至る

夏の風が熱気を運んでくるころ。七月十日前後の候。梅雨明けに吹く風を、白南風《しろはえ》と。小暑になったら、暑中見舞いの季節です。

7／13～　蓮《はす》始めて開く
蓮の花が咲きだすころ。七月半ばの候。約二千年前の蓮の実が出土して、それが見事に花を咲かせたというからびっくりです。蓮の実が土中で見つづけた、千年の夢。

7／18～　鷹乃学《たかわざ》を習う
鷹のひなが飛ぶ練習をするころ。古代から鷹狩りはあったようで、そうした人と鷹の結びつきから生まれた季節の名前かもしれません。

◉大暑《たいしょ》　もっとも暑い真夏の季節

7／23～　桐《きり》始めて花を結ぶ
桐の花が実を結ぶころ。夏の土用の丑の日が、ちょうどこのあたり。二《に》の丑《うし》といって、丑の日が二回ある夏が二年に一度はやってきます。うな重も二杯？

7／28～　土潤《つちうるお》いて溽《む》し暑し
熱気がむわっと蒸し暑いころ。昔は、田植えの時期から八朔《はっさく》（旧暦八月一日）まで、夏バテしないようにひるねをとる慣習がありました。ごろんと木陰で、一寝入り。

8／2～　大雨時行《たいうときどきふ》る
夏の雨が時にざあっと降るころ。都心部のゲリラ豪雨はひどい雨ですが、入道雲に夕立ちは、昔から夏の風物詩。からっと上がれば、虹が出るかな。

〈秋〉

◉**立秋《りっしゅう》**　秋の気配がほの見えてくる季節

8／8〜　涼風《りょうふう》至る

涼しい風が初めて吹くころ。沖縄では、その年に初めて吹く北からの涼しい風を、秋を運びくる新北風《みーにし》といいます。ふぅ、とひとごこち。

8／13〜　寒蝉《ひぐらし》鳴く

ひぐらしが鳴くころ。カナカナカナカナ……。雑木林の夕暮れ、しみ入る鳴き声。小泉八《こいずみや》雲《くも》は、この鳴き声がもっともうつくしい、と言ったとか。

8／18〜　蒙霧升降《のうむしょうこう》す

深い霧がたちこめるころ。深い霧の林で、木の葉から落ちる霧の滴が、樹雨《きさめ》。雨上がりの木々の青葉からササーッと降るのが、青時雨《あおしぐれ》。

◉**処暑《しょしょ》**　暑さがちょっとやわらぐ季節

8／23〜　綿柎《わたのはなしべ》開く

綿の実がはじけて、コットンボールが現われるころ。いろんな布素材がありますが、綿がいちばん好きです。綿のボタンダウンシャツとか、一度気に入るとそればっかり。

8／29～　天地《てんち》始めて粛《さむ》し

天地がやっと涼しくなりかけるころ。でもまだまだ暑いから、実感は湧かないかも。都会はとくに残暑が厳しいですが、島で暮らすと、たしかに夜の過ごしやすさが変わります。秋の気配って、自然に近いほど感じられるものかもしれません。きっと昔はもっと。

9／3～　禾乃登《こくものみの》る

稲が実るころ。禾《のぎ》は、稲などの穂先に生えている毛のこと。また稲、麦、ひえ、粟などの穀物の呼び名です。水田での稲作は縄文の終わりに大陸から伝わったようですが、それまでは縄文人が、陸稲《おかぼ》（種籾をじかに土にまく稲作）をしていた形跡もあるそう。

◉白露《はくろ》　露を結びはじめる季節

9／8～　草露《くさのつゆ》白し

草花におりた露が光るころ。そんな朝露光る、秋の七草の覚え方は「おすきなふくは？」。おみなえし、すすき、ききょう、なでしこ、ふじばかま、くず、はぎ。

9／13～　鶺鴒《せきれい》鳴く

せきれいが鳴きはじめるころ。北海道でも、沖縄でも、せきれいを見かけたことがあります。東川で見たハクセキレイ。しっぽをチョコチョコ振って、朝の野原を散歩していました。沖縄では、首里城の石段に。

9／18～　玄鳥《つばめ》去る

つばめが南に帰るころ。このあと入れ替わるように雁がやってきます。夏鳥と冬鳥のバトンタッチ。毎年、実家のガレージに巣をつくっていたつばめがいました。からっぽになった巣を見ながら、また来年と。

◉**秋分《しゅうぶん》**　昼夜の長さがほとんど同じ季節

9／23～　雷乃声《かみなりこえ》を収《おさ》む

夕立ちのあとの雷が鳴らなくなるころ。秋分ごろに咲く彼岸花は、飢饉のときの非常食。水にさらして毒抜きした根を食べました。いざというときにとっておくために、毒があるから摘むな、さわるな、と教えたそう。

9／28～　蟄虫《すごもりのむし》戸《と》を坯《とざ》す

虫が巣ごもりの支度をするころ。ちょうど十月一日は、秋の衣替え。平安時代には更衣《こうい》といって、旧暦十月一日から、夏服を冬服に替えていたよう。

10／3～　水始めて涸《かれ》る

田から水を抜き、稲刈りをするころ。刈り入れを待つ田に、鷺の姿が見えると、秋だなぁとつくづく感じます。

◉**寒露《かんろ》**　露が冷たく感じられる季節

10／8～　鴻雁《がん》来《きた》る

雁が北から渡ってくるころ。「月に雁」と

いう希少な切手があるんだと、小学生のとき知りました。素敵な記念切手で、手紙を送るのにもいい季節。

10／14～　菊花《きっか》開く

菊が咲きはじめるころ。眺める菊も素敵ですが、いただく菊もおいしいもの。食用菊といえば「もってのほか」（↑これが名前）。淡い紫色の菊です。

10／19～　蟋蟀《きりぎりす》戸《と》に在《あ》り

きりぎりすが戸口で鳴くころ。「秋は夕暮れ」と枕草子の一節に。風の音、虫の音は言うまでもなく（素晴らしい）。

◉**霜降《そうこう》**　朝夕冷え込み、霜が降りる季節

10／24～　霜始めて降る

霜が降りはじめるころ。朝、庭に出ると、土に白いものが混じって、踏むとシャクシャク鳴りました。

10／29～　霎《しぐれ》時《ときどき》施《ほどこ》す

時雨《しぐれ》が降りだすころ。さあっと降っては、すぐやむから、なんだか粋な雨。ふわっとさわやかな気持ちがします。

11／3～　楓蔦《もみじつた》黄《き》なり

葉が紅や黄に色づくころ。いつかの秋、銀杏並木を恋人と通るとき、ざああっと黄色いイチョウの葉が散り落ちてきました。まるで恋の終わりを告げるように。あれは別れの兆しだったんだ、といまも覚えています。

〈冬〉

◉立冬《りっとう》　山に里に冬の気配が訪れる季節

11／8～　山茶《つばき》始めて開く

山茶花《さざんか》が咲きだすころ。垣根に咲いている姿を見かけると、うれしくなる花のひとつです。寒い日に、摂氏一度あたたまる気がします。

11／13～　地《ち》始めて凍る

地が凍りはじめるころ。この時期は七五三。娘が三歳のとき、近所の神社にお参りして、自分たちで三脚にカメラを据えて、タイマーで撮りました。こぢんまりと、その日を大事に。

11／18～　金盞《きんせん》香《こうば》し

水仙が咲き香るころ。金盞とは、水仙のこと。ごはん屋さんに飾られていると、うれしい花。

◉小雪《しょうせつ》　雪がちらつきだす季節

11／23～　虹蔵《かく》れて見えず

虹を見かけなくなるころ。とそんなふうに言われる季節に、虹を見つけたら、なおさらうれしくなりそうです。雨上がりには、目を皿のようにして。

11／27～　朔風《さくふう》葉を払う

北風が、葉っぱを吹きはらうころ。ぴゅう～。さむさむ、の季節です。木を枯らすと書いて、木枯らし。窓が鳴ったり、頬が赤く染まったり。

12／2～　橘《たちばな》始めて黄なり

橘の実が黄色くなるころ。冬でもつやつやした葉っぱに、黄色い実。神話にも登場するとされる常緑の木は、永遠の象徴。

◉大雪《たいせつ》　本格的に雪が降る季節

12／7～　閉塞《そら》く冬と成《な》る

真冬が訪れるころ。名前からして寒そうな季節です。お風呂に湯を張って、あったまる日を増やしましょう。

12／12～　熊穴《くまあな》に蟄《こも》る

熊が冬ごもりするころ。熊は冬眠するといっても、穴の中でメスグマが出産するそう。冬ごもり、ともいわれます。じっと春まで。

12／17～　鱖魚《さけ》群がる

鮭がふるさとの川へ帰るころ。七十二候の順番としては、熊が寝てから、鮭が川に戻るので、熊は鮭をとれなくてかわいそう、とも見えますし、鮭びいきなのかもしれません。東は鮭、西は鰤《ぶり》、が冬のごちそう。

◉冬至《とうじ》　一年でもっとも夜が長い季節

12／22～　乃東《なつかれくさ》生ず

うつぼぐさの芽が出るころ。韓国の済州島《チェジュトウ》を旅したとき、巨大な石が並んだ遺跡を見ました。その巨石の列は、ちょうど冬至の日の、日没の方角向き。太陽信仰の悠久の歴史を感じました。

12／27～　麋角《しかのつの》解《お》つる

大鹿の角が抜け、生え変わるころ。北海道でキャンプしたとき、夜中に鹿の鳴き声が遠くからよく響き渡りました。厳かな野生の声でした。

1／1～　雪下《せっか》麦を出《い》だす

積もる雪の下で麦が芽を出すころ。去年まいた種が、今年の芽になる、そんな年越しの芽吹き。

◉小寒《しょうかん》　寒さのピーク一歩手前の季節

1／6～　芹《せり》乃栄《さか》う

芹が群れ生えるころ。春の七草は、せり、なずな、ごぎょう、はこべら、ほとけのざ、すずな（かぶ）、すずしろ（大根）、これぞ七草。七日の朝粥は、これで一年かぜ知らず。

1／11～　水泉動く

地中で凍っていた泉が動きだすころ。小寒から、寒の入りです。寒の九日目の雨は、寒九《かんく》の雨といって、豊作の予兆。

1／16　雉始《きじはじ》めて雊《な》く

オスキジがメスキジに恋して鳴くころ。ケーンという甲高い声は、求愛の響き。古名は、雉子《きぎす》と。

◉**大寒《だいかん》**　一年でもっとも寒い季節

1／21～　款冬華《ふきのとうはな》さく

蕗の花（ふきのとう）が顔をのぞかせるころ。冬眠からさめた熊は、まずふきのとうを探すとか。はらぺこ熊の、初春ごはん。

1／25～　水沢腹《みずさわあつ》く堅《かた》し

沢の水が厚く張りつめるころ。諏訪湖に分厚い氷が張った真冬、氷に亀裂が走り、せりあがることがあります。御神渡《おみわた》り。荘厳な自然現象です。

1／30～　鶏《にわとり》始めて乳《にゅう》す

大寒に鶏が産んだ卵は、健康によくて縁起もいいといわれます。それは、この時期に鶏始めて乳すの候があるから、卵に生気が満ちあふれていると考えられたためだとか。また寒くて産む卵の数が減り、おかげで卵の栄養分がたっぷり詰まっているからとも。

大寒の次は、いよいよ新しい年の立春で、立春の前日が節分。恵方巻きは最近できた行事と思われがちですが、大正時代から関西のほうであったようです。歴史の古い新しいにこだわらず、興味を持ったら、おいしく巻いて、楽しくいただきましょう。食べ終わるまでしゃべらずに、恵方を向いて、もくもく、もぐもぐ。

あとがき　―いつか見た風景のような―

父の故郷は愛知の新城《しんしろ》という、山のほうにありました。

祖母はもうなくなってしまいましたが、編み物が上手で、いろいろ作ってくれていました。いまこれを書きながらすわっている椅子には、祖母の手編みのマットを敷いています。とてもあたたかく、もう何年も使っています。

幼いころのおぼろな記憶ですが、日あたりのいい縁側があり、庭で正月の餅つきをしたことを覚えています。

いまは安城のほうに居を移し、そちらは田に囲まれたところです。稲の伸び育つようすを眺めながら畦を歩くと、小さな蛙の子らがびっくりして田んぼの水の中へ跳ねていく音が、ちゃぽんちゃぽんと聞こえます。

ぼくにとって、山里や田園の風景といえば、父の故郷の姿が根っこにあるような気がします。

そして母の故郷は、沖縄です。数年前から、ぼくもこの島に住んでいます。母方の祖母の暮らした家がある首里は、幼いころから慣れ親しんできた町で、あたりには冬でもあおあおと草木が生い茂っています。

小学生時代には夏休みの間じゅう泊まっていて、海で遊びまわった日は、日焼けした肌に庭のアロエの葉肉をあてて冷やしたり、台風が直撃したときには、ガレージの裏のガジュマルの木が倒れないように、雨風の中、みんなでロープを結わえて支えたりしました。

住みはじめてみると、かつての島とはずいぶん変わった面もあり、変わらない面もあって、懐かしさと不思議さとがこみあげます。

ゴォォとうるさく飛ぶ戦闘機と、生き生きとした花や鳥や虫、潮の匂いのする風が、どちらも青い空を背にしている島の光景は、ぼくのもうひとつの原風景です。

この本を書くにあたって、ずいぶんと懐かしい記憶や、遠い日の光景、それもふだん意識したこともないような他愛のないあれこれを思い出しました。

ひとつ引っ張り出すと、ふたつめも、みっつめも、というふうに芋づる式に掘り出され、ああ、こんなことが心に残っていたんだ、と気づかされること多々でした。

それらの中には、よく目をこらしてみれば、季節や自然、旬の風物とどこかで結びつくものがありました。そうしたものを書きとめて、春夏秋冬の流れに沿って連ねていった、というのができあがりまでの経緯です。

この本が一冊のエッセイ集としてどのようなものになっているのか、書き上げたばかりのいまは、まるで見当がつきません。ただ、ひとつひとつの事柄を取り出しては、それについて筆を進めるばかりで、何か伝えたいメッセージがある、というものでもありません。

もしも、読んでくださったあなたの中に、いつか見た風景でも、あるいは、心に残るできごとでも、何か心地のいい風や光のようなものがふっと訪れるひとときがあったとしたなら、もうそれが何よりです。

エッセイに登場していただいた方々は、ぼくが敬愛してやまない素晴らしい人たちです。また素敵な装画と装幀を手がけてくださった福田利之さん、名久井直子さん、日々支え続けてくれた編集担当の品川亮さん。皆様に心より感謝申し上げます。

二〇一四年暮れ

白井明大

文・白井明大（しらいあけひろ）

詩人。一九七〇年生まれ。現在は沖縄在住。日々の暮らしのささやかなできごとを詩にする。詩集『心を縫う』（詩学社、二〇〇四年）、『くさまくら』（花神社、二〇〇七年）、『歌』（思潮社、二〇一〇年）、『島ぬ恋』（私家版、二〇一二年）。著書に『日本の七十二候を楽しむ――旧暦のある暮らし』（絵・有賀一広、東邦出版、二〇一二年）、『暮らしのならわし十二か月』（同、飛鳥新社、二〇一四年）、『季節を知らせる花』（絵・沙羅、山川出版、二〇一四年）、共著に『サルビア手づくり通信』（アスペクト、二〇〇六年）。

七十二候の見つけかた

二〇一五年二月一二日　第一刷発行

文　白井明大

装画　福田利之
装幀　名久井直子

発行者　土井尚道
発行所　株式会社飛鳥新社
〒一〇一‐〇〇〇三
東京都千代田区一ツ橋二‐四‐三光文恒産ビル
電話 〇三‐三二六三‐七七七〇（営業）
〇三‐三二六三‐七七七三（編集）
http://www.asukashinsha.co.jp

印刷・製本　株式会社廣済堂

ISBN 978-4-86410-393-0
落丁・乱丁の場合は送料当方負担でお取り替えいたします。
小社営業部宛にお送りください。

担当編集　品川亮